Shlomo sostiene che innamorarci sia stata una disgrazia. La prima volta che l'ha detto mi ha ferita, poi ho capito che aveva ragione: insieme siamo infelici.

Credo di soffrire più di lui per quest'amore disgraziato, ma chi lo sa cosa provano veramente gli altri, cosa prova persino tuo marito.

Shlomo non parla delle sue sofferenze: pensa che farlo sia indecente, o ha imparato a fingere che non esistano. È il suo modo per difendersi da loro e da me.

Forse Shlomo non soffre, tranne che per me, anche se lo ammette solo quando gli dico che mi fa soffrire. Allora mi guarda stizzito, un lampo scurisce i suoi occhi gialli e sibila: «E io credi che non stia male?». Non spiega perché. Shlomo non si lamenta. Shlomo non chiede.

Insieme stiamo male, ma non possiamo lasciarci.

Dice che non mi lascerà mai, non so se per senso di responsabilità, pigrizia, o perché mi ama più di quanto sia disposto a riconoscere.

Io non lo lascerò perché sono innamorata di lui, della sua grazia nascosta come un minerale, del suo odore, del suo modo di parlare coi bambini.

Non lo sopporto ma lo amo. Shlomo è la mia croce.

Deve essermi toccato per punirmi di qualcosa che ho

fatto in una vita precedente, o da ragazza, quando spezzavo cuori senza neanche accorgermene. Sono stata una figlia amata, anche se amata male, mentre non ho mai visto la madre di Shlomo abbracciarlo: le rare volte che si incontravano porgeva la guancia per farsela sfiorare con un bacio. Shlomo sostiene che avere avuto una madre anaffettiva sia un vantaggio. Disprezza i sentimentalismi, i sentimenti lo annoiano.

A volte penso che sia stato vaccinato dalla sua infanzia – della quale non mi ha mai parlato – di bambino grasso. A tredici anni ha scoperto la palestra e si è trasformato nell'uomo massiccio di oggi, ma è stato un bambino grasso, con una madre rigida e un padre assente, ed è cresciuto in una comunità ristretta e contadina: chissà se ha patito, se lo hanno preso in giro, se ha dovuto combattere e imparare a difendersi. Quello che impari da bambino non lo perdi più.

Nelle poche foto d'infanzia che mi ha mostrato era sempre accigliato. O forse, più che accigliato, il suo sguardo era concentrato, pronto, serio, come quello di oggi. Lo sguardo vigile di chi sta attento a non lasciarsi sottomettere.

Shlomo non parla dei problemi di Israele, delle guerre, degli attentati, del genocidio che ha coinvolto i suoi nonni. A volte penso che si senta in colpa per essere andato via. Altre che mi abbia sposata per lasciarsi tutto alle spalle.

Shlomo non sopporta la mia ansia. La scambia per mancanza di fiducia in me stessa e in lui. Pensa che sia una debolezza. Lo so come funziona: anche io odiavo l'ansia di mia madre, ma capivo che era una malattia. Odiavo la sua ansia, non lei.

Shlomo non capisce le malattie perché non si è mai ammalato. A sentir lui, gli è capitata solo la disgrazia di innamorarsi di me, nella vita. Per questo a volte temo che al primo accidente rischi di spezzarsi in due, come un albero colpito dal fulmine. Ma Shlomo sa proteggersi. Io non ne avevo mai sentito il bisogno, prima.

OSCAR
ABSOLUTE

Di Daria Bignardi negli Oscar

L'amore che ti meriti
Non vi lascerò orfani
Santa degli impossibili
Storia della mia ansia

DARIA BIGNARDI

STORIA DELLA MIA ANSIA

© 2018 Mondadori Libri S.p.A., Milano

I edizione Scrittori italiani e stranieri febbraio 2018
I edizione Oscar Absolute marzo 2019

ISBN 978-88-04-71023-3

Questo volume è stato stampato
presso ELCOGRAF S.p.A.
Stabilimento - Cles (TN)
Stampato in Italia. Printed in Italy

oscarmondadori.it

librimondadori.it
anobii.com

Storia della mia ansia

A Luca mio

A interessarmi non è soltanto la realtà
che ci circonda, ma quella che è dentro di noi.
Non l'avvenimento in sé, ma quello che esso
induce nei sentimenti. Possiamo anche dire:
l'anima degli eventi. Per me i sentimenti
sono anch'essi realtà.

SVETLANA ALEKSIEVIČ, *La guerra non ha un volto di donna*

Ho vissuto godendo di tutte le emozioni fino in fondo: mi piaceva sentirmi esaltata e persino sconvolta, dalla vita. Shlomo invece è lineare, distaccato. Lo è sempre stato, ma un tempo sapevo che mi amava. Ora non più. L'ultima volta che gliel'ho chiesto ha risposto "Non lo so e non lo voglio sapere". Me lo ha scritto in un messaggio: quando l'ho letto ho sentito un dolore acuto al petto, come se mi avesse sferrato una coltellata.

La freddezza di Shlomo mi fa male in un punto preciso del corpo.

La prima volta che abbiamo fatto l'amore, nella sua stanza bianca di Neve Tzedek, per me è stato bellissimo, non so se lo sia stato anche per lui. Shlomo non parla di queste cose. Shlomo non parla di sentimenti, sesso, salute.

I primi anni che stavamo insieme, la sera ogni tanto mettevo un disco e ballavamo abbracciati. Quando facevamo l'amore diceva che mi amava. Ma abbiamo sempre litigato, anche allora: parole dure come pugni in testa.

I silenzi con cui mi puniva per settimane, dopo ogni lite, erano ancora più crudeli: una morsa attorno al cuore, un'asfissia, una tortura. Ora litighiamo meno, ma i suoi silenzi durano mesi. E io ogni giorno devo inventarmi qualcosa per sfuggire al dolore della sua distanza: un viaggio, un lavoro, una nuova amicizia. Dieci gocce di Xanax. Un gin tonic.

Eppure, non posso lasciarlo.

2

La lettera diceva di andare in un grande ospedale dove non ero mai stata.

Era una di quelle rare mattine di giugno in cui Milano vibra d'azzurro e la luce è radiosa e tersa come in montagna. Per il gran caldo, invece dei soliti pantaloni, avevo messo una gonna di lino, blu, e una camicetta leggera, bianca.

«Sembri una scolara africana vestita così» ha detto mio suocero. L'ho trovato in cucina che si preparava il caffè con la moka, in un pigiama di seta blu. La sera prima aveva dormito da noi, in transito da Milano per uno dei suoi viaggi. Si chiama Benjamin, lo chiamiamo Ben.

Shlomo era a Firenze per lavoro, e avevamo cenato coi ragazzi. Ben li aveva ipnotizzati coi suoi racconti africani mentre io cucinavo le orecchiette al pomodoro e stappavo una bottiglia di brut. Volevo festeggiare la sua visita e dimenticare la lite con Shlomo di quel mattino. Non so per cosa avessimo litigato, ma prima di partire mi aveva urlato che ero egocentrica e viziata e poi non ci eravamo più sentiti.

Dopo la cena con Ben, sciolta dal vino, gli avevo scritto un messaggio in cui dicevo di aver capito che non mi amava più, ma non glielo avevo spedito.

Quando il mattino dopo la radiologa ha ordinato con aria

preoccupata un altro esame, l'ho chiamato. Ha detto che sarebbe tornato subito, e così ha fatto.

L'ultima cosa che mi sarei aspettata era di avere un tumore, per due motivi.

Il primo è che non ho precedenti di malattie al seno in famiglia, non fumo, mangio molta verdura e poca carne, non ho mai preso la pillola, sono magra.

Il secondo è che quando un mese prima avevo sentito qualcosa di gonfio nel petto avevo telefonato al ginecologo.

«È duro?» aveva chiesto.

«No, molle» avevo risposto.

«Dolente?»

«Sì.»

«Allora non è niente» aveva concluso. «Sai, no, che i tumori non fanno male? Sarà una ghiandola ingrossata.»

Comunque, per prudenza, ero andata a farmi visitare nel suo studio. Mi aveva palpata e aveva confermato la diagnosi telefonica: «Non è niente. Sarà una ghiandola. Quando hai detto che hai la prossima mammografia? Tre settimane? Ecco, lì avrai conferma che non è nulla».

Si era sbagliato.

«E se muoio?» ho chiesto a Shlomo al telefono.

«Se muori è il meno» ha risposto.

3

La seconda persona che ho chiamato è stata Teresa, la moglie di mio fratello, che ha commentato: «Ma tu non sei tipo da tumore».

Lo pensavo anch'io. Credevo che il cancro venisse alle persone che non affrontano i dolori. I miei, li ho sempre sviscerati.

Non sono repressa, ma sfinita. Ho sempre lavorato troppo. Non era l'ambizione a spingermi a strafare: era l'ansia di fare tutto e farlo il meglio possibile. Il mio lavoro era la parte più facile, ma mi sentivo in dovere di non mancare un saggio o un incontro coi maestri, portare i bambini dai medici, preoccuparmi delle loro amicizie, dei loro sport, di quel che mangiavano. Volevo aver cura di ogni dettaglio della loro vita. Shlomo aveva un approccio rilassato alle cose quotidiane, più sano, soprattutto per lui.

Poi i figli sono cresciuti, il lavoro anche. A un certo punto è successo qualcosa. Ero sempre stanca ed è saltato fuori che avevo avuto una mononucleosi. Ma non mi sono fermata.

«Ha avuto qualche grosso dolore nei mesi precedenti la scoperta del tumore?» mi ha chiesto la dottoressa Parenti, l'oncologa antroposofa che ho interpellato dopo la diagnosi, di sostegno a quelli dell'ospedale.

«Io è tutta la vita che provo grossi dolori, dottoressa» ho risposto, spavalda.

«Sei senza pelle» mi ha detto una volta Shlomo, disgustato. Sono emotiva, impulsiva, secondo lui irrazionale. Ma senza pelle le emozioni si sentono di più e la mia ansia era la benzina per tutto: scrivere e vivere.

Quando viene un tumore si è costretti a farsi un esame di coscienza. Viene per caso, dicono gli scienziati. Loro non sanno perché. Si può solo cercare di prevenire, avere uno stile di vita sano, anche se magari non serve a niente.

Nessuno ti dice: non soffrire troppo, non ti tormentare, non stare sempre in ansia, non stancarti così tanto. Nessuno a parte tua madre, se ce l'hai. Ma chi ascolta le madri. Ci si vergogna a dire che si è stanchi, bisogna farcela per forza.

Io dovevo controllare tutto. La notte stavo sveglia col pensiero fisso ai problemi da affrontare – un finale che non mi convinceva, il pollo da scongelare, l'apparecchio ai denti di Marco, Shlomo che non mi parlava da tre giorni – e il mattino dopo li risolvevo tutti, tranne quelli con Shlomo.

Scoprire di avere una malattia catapulta in una dimensione più libera. Non puoi programmare nulla, a parte le cure. Improvvisamente hai più spazio nel disco rigido del cervello. Non dico che ammalarsi sia una fortuna – mi irritano i mistici della malattia: non c'è nulla di eroico nell'ammalarsi e curarsi, si è costretti a farlo, casomai c'è qualche nobiltà nella discrezione – ma almeno quest'anno il problema del teatro non si pone: il programma dei prossimi mesi prevede quattro cicli di chemioterapia.

È un trucco, e sto barando, perché le cose che mi stanno a cuore non smetto di farle: continuo a occuparmi dei figli e continuo a scrivere. Ma i monologhi possono aspettare, non fanno parte dei bisogni primari.

Il buono di una malattia è che capisci cosa viene prima. Lo senti senza più incertezza, ed esci dalla ruota del criceto.

Per piena che sia, ogni vita, prima o poi, diventa una bolla in cui fai sempre le stesse cose. Quando ti ammali la bolla esplode. Fai esperienze nuove, conosci nuove persone: medici, infermieri, altri malati. Altri mondi.

Mi piacciono le sorprese, così tanto che la notte di San Lorenzo dell'estate scorsa, guardando le stelle cadenti, avevo espresso il desiderio di riceverne una.

Non avevo pensato di chiedere che fosse bella.

Grazie alla malattia ho conosciuto Aldo, il chimico del reparto nucleare, che mentre aspettavamo che il liquido della scintigrafia facesse effetto mi ha raccontato la sua incasinata vita sentimentale e poi, finito l'esame, ha estorto l'esito al tecnico di radiologia con cui il sabato giocava a calcetto. Simona, la chirurga plastica coi tacchi a spillo: è stata lei, quando i dolori dell'operazione non mi lasciavano dormire, a farmi ridere coi pettegolezzi dell'ospedale e i suoi progetti di segare, di nascosto dal marito, i vecchi mobili del suo terrazzo con la sega elettrica. «Sono troppo grossi, non saprei come trasportarli, ho deciso di farli a pezzi e bruciarli nel camino.» Tagliavini, l'oncologo dall'umorismo inglese, che ha enumerato la lista degli effetti collaterali della chemioterapia con tanta precisione che ho pensato "Tanto vale spararsi subito". Gli infermieracci cattivi, che mi hanno rotto una vena al primo prelievo per dimostrarmi che dovevo mettere la valvola fissa e non fare tante storie. Azzurra, la dottoressa assistente di Tagliavini: più intelligente ed empatica di lui, eppure durante le visite scriveva quel che dettava il primario. La dottoressa Parenti, l'antroposofa che ha provato a insegnarmi a non prendere decisioni in tempo di guerra.

E poi ho conosciuto Luca, il ragazzo più bello che abbia mai baciato. Se non avessimo condiviso la terapia non lo avrei nemmeno incontrato.

4

«Sei viziata, egocentrica, come tutti voi italiani» aveva gridato Shlomo nell'ultimo litigio prima di scoprire il tumore. Poi era uscito di casa fischiettando e io avevo pianto di rabbia.

Io e Shlomo ci siamo conosciuti a Gerusalemme.

Vito, il padre di mio figlio Giovanni, mi aveva proposto di passarci il Capodanno del Duemila. Il trentuno dicembre era l'ultimo venerdì di ramadan per i musulmani e l'inizio del riposo di sabato per gli ebrei: pensava che almeno lì non ci sarebbero stati i festeggiamenti per la fine del millennio. Avevo accettato, pensando che in Israele almeno avrebbe fatto più caldo che a Milano. Invece nevicava e io gelavo nel giubbotto di pelle.

Avevamo affidato Giovanni ai genitori di Vito ed eravamo arrivati a Gerusalemme il pomeriggio del trentuno, prenotando un albergo a caso nella Città Vecchia, ed eravamo finiti a cena da un contrabbassista che aveva suonato con Vito in Francia e ora abitava con la moglie a Gerusalemme ovest.

Shlomo era seduto alla mia destra e quando mi ero stupita che un israeliano parlasse così bene italiano aveva borbottato di aver studiato a Venezia, poi non mi aveva più rivolto la parola.

Con Vito avevamo capito da un pezzo che tra noi era finita, e io ero entrata nella fase in cui di ogni uomo che incontravo mi chiedevo se fosse quello della mia vita.

"Questo purtroppo no" avevo pensato guardando Shlomo. "Questo mai."

Anche a trent'anni Shlomo aveva il fisico tarchiato e muscoloso di adesso: schiena da cinghiale, cosce da rana, baricentro basso. Teneva i pochi capelli rasati, e i piccoli occhi gialli da lupo erano l'unica cosa attraente del suo viso colorito e compatto. Portava dei pantaloni verde militare e sulle prime avevo creduto fosse un soldato finito chissà come a quella cena di artisti. A tavola aveva parlato soprattutto con la sua dirimpettaia, un'arpista francese che sembrava sedotta dai suoi racconti su Israele.

Dal sarcasmo con cui descriveva l'esercito avevo capito che non era un militare. L'avevo sentito rispondere che no, lui non era sposato, ma aveva un figlio di tre anni che viveva a Berlino con la madre.

Shlomo quella sera aveva mangiato e bevuto di gusto, coi gomiti larghi appoggiati sul tavolo, senza mai versarmi il vino e senza guardarmi. Eravamo in dodici a tavola, quasi tutti intenzionati a ignorare la fine del millennio, ma quando a mezzanotte l'arpista aveva preteso di stappare lo champagne tutti avevamo alzato i bicchieri.

Shlomo si era girato verso di me e mi aveva dato un bacio sulle labbra, poi al momento di salutarsi mi aveva chiesto il numero di telefono.

Pensavo che avesse bevuto troppo, come tutti, e che non lo avrei più rivisto, invece la mattina dopo aveva chiamato chiedendo se volevamo visitare la basilica del Santo Sepolcro.

«È Shlomo, quello che ieri era seduto vicino a me, dice se vogliamo andare al Santo Sepolcro» avevo bisbigliato a Vito coprendo il microfono con la mano.

«Io neanche morto» aveva bofonchiato da sotto le coperte. «Vacci tu.»

Mi faceva male la testa, ma avevo deciso che dovevo iniziare il millennio facendo qualcosa di speciale. «Mi vieni a prendere in albergo?» avevo chiesto a Shlomo. «Credo di esserci vicina, sto nella Città Vecchia, al New Imperial, ma non so se mi oriento fino alla chiesa.» Poi mi ero buttata sotto la doccia calda, senza lavarmi i capelli che non avrei fatto in tempo ad asciugare dal momento che Shlomo aveva risposto: «È lì accanto, passo tra venti minuti» e riattaccato.

Mi ero infilata le calze e il maglione più pesanti che avevo ma il mio giubbotto era inadatto alla pioggia gelata in cui si era tramutata la neve del giorno prima.

Shlomo mi aspettava nella hall con le mani nelle tasche di una giacca a vento imbottita. Ai piedi portava scarpe da trekking e aveva guardato male i miei stivaletti di pelle con la suola di cuoio. Era più basso di me e mi era sembrato meno rubizzo e tarchiato della sera prima, ma ancora più distaccato, come se avesse ricevuto da qualcuno l'ordine di scortarmi ma non fosse personalmente interessato a me. Era senza ombrello e non mi aveva chiesto se mi dispiacesse bagnarmi: mi aveva presa per un gomito e guidata nelle stradine lucide e affollate della Città Vecchia fino alla chiesa del Santo Sepolcro, dove eravamo entrati da una porta piccola e laterale.

Dentro era quasi buio e mi ero sentita immediatamente contagiare dall'energia di quel posto. L'avevo sentito nominare chissà quante volte, in realtà non ne sapevo niente.

Preti di tutte le età con abiti talari di ogni tipo dirigevano un traffico di messe veloci e febbrili processioni, devoti in coda per entrare in una cripta, strofinare una pietra, salire e scendere scalette: tutti pregavano e cantavano alla luce delle candele con quella che mi sembrò un'inebriante certezza. A differenza loro, io non ero sicura di niente.

All'uscita, Shlomo mi aveva guidato in un locale umido,

coi soffitti a volta. Il proprietario, che teneva un pappagallo col becco rosso appollaiato sullo schienale della sedia, ci aveva portato un vassoio pieno di piattini di hummus e polpette di melanzane.

Non mi sentivo a mio agio con Shlomo, ma ero affascinata dal suo modo di fare. Si comportava come l'uomo più sicuro del mondo, e questo lo rendeva attraente nonostante non lo fosse.

Avevamo parlato dell'Italia scaldandoci con bicchierini di tè alla menta e alle tre del pomeriggio, camminando per le strade lastricate di pietre consumate e lucenti, mi ero accorta di non aver ancora chiamato Vito, e che neanche lui mi aveva cercata.

«Devo telefonare al mio fidanzato. Il primo dell'anno è il giorno ideale per lasciarsi» avevo detto a Shlomo. Proprio perché sembrava poco propenso alle confidenze mi era venuto da spararla grossa, ma lui non era parso colpito. Però dopo un lungo silenzio aveva risposto: «I miei genitori si sono conosciuti un primo gennaio, nel moshav. Da noi non si celebra il Capodanno, ma mia madre quello non se lo scorda».

«Cos'è un moshav?» avevo chiesto.

«Una specie di comunità agricola, il posto dove sono nato. Un kibbutz, ma meno politicizzato.»

«I tuoi di dove sono?»

«Mio padre è di origine tedesca, mia madre è nata a Marsiglia. Si sono incontrati qui nel 1960.»

«Qui a Gerusalemme?»

«No, qui in Israele. Il moshav è nel deserto del Negev. Lei ci abitava, lui era andato a trovare un amico. Ci è rimasto il tempo di far nascere me e mia sorella.»

«E poi?»

«Poi è partito.»

«Per dove?»

«Fa il fotografo, non ha una casa, solo una specie di studio a Berlino in cui ora abita mia sorella. A lui piace lavorare in Africa. Mia madre invece non si è mai mossa dal moshav. Insegna, coltiva e prega.»

«Io non so niente di ebrei e religioni» avevo deciso di confessare. «Sono qui per caso.»

«Io sono ateo, figurati. A Gerusalemme vengo il meno possibile.»

«Perché?»

«Perché è un posto di bigotti e invasati, se ancora non te ne sei accorta.»

«Sono qui da meno di un giorno. Mi sembra un posto con una bellissima energia.»

Mi aveva guardata e avevo capito che pensava avessi detto una scemenza. Era rimasto in silenzio. Ero stata io a riprendere la conversazione.

«Quindi tu dove abiti?»

«Adesso a Tel Aviv: prima di Firenze e Venezia stavo a Berlino. Faccio l'architetto.»

Stavo per dire "Interessante" ma mi ero trattenuta. Avevo già capito che Shlomo non era persona da conversazioni banali. Parlava poco ma sceglieva con cura le parole.

«Non hai fatto il servizio militare?»

«No, a tredici anni sono andato a studiare a Berlino: mio padre quell'anno era lì e io e mia sorella l'abbiamo raggiunto. Non sono più tornato in Israele, se non in vacanza. Adesso sono a Tel Aviv per un lavoro.»

«Com'è Tel Aviv?» avevo chiesto.

«Vieni a vederla» aveva risposto, stupendomi. Non sembrava che gli piacessi, eppure continuava a proporre di fare cose insieme.

«Ci verrei, ma ho un figlio di tre anni che mi aspetta dopodomani.»

«Guarda che Tel Aviv è a un'ora da qui. Possiamo passarci la serata e tornare domani. Anche io ho un figlio di tre anni.»

«Lo so, ho sentito che lo dicevi ieri sera.»

«Ascoltavi i miei discorsi?»

«Sì. Invece tu mi ignoravi.»

«Hai troppi capelli perché ti si possa ignorare» aveva detto senza sorridere, poi aveva ripetuto l'invito: «Io oggi parto, se vieni ti riporto qui domani.»

In quel momento avrebbe potuto suonarmi un campanello d'allarme. Invece di dirmi "Sei troppo carina perché ti si possa ignorare" o anche solo "Sei troppo alta perché ti si possa ignorare", ovvero quello che mi dicono tutti, perché sono un metro e settantacinque e così ossuta che sembro ancora più alta, aveva citato come segno distintivo il cespuglione di capelli crespi che detesto ma non so dove nascondere perché ho il naso troppo aquilino per tenerli corti o raccolti. Avrei dovuto capire da quel dettaglio che da Shlomo non avrei mai ricevuto complimenti. Invece avevo ignorato il disagio per la sua osservazione.

«È pericoloso?» avevo chiesto.

«Non più che qui. Ieri nei territori hanno ammazzato quattro palestinesi. Può succedere di tutto, ovunque. L'unica è non pensarci.»

«Sono venuta col mio fidanzato, cioè, ex fidanzato. Il padre di mio figlio. Insomma, Vito, l'hai conosciuto ieri sera, il bassista. Non so se posso lasciarlo solo.»

«Vedi tu. Io parto fra tre ore.»

Era così poco ammiccante che avevo pensato volesse solo essere ospitale.

Avevo chiamato Vito, che alle quattro del pomeriggio era ancora a letto. Aveva detto: «Vai pure, io vedo Itai. Quel botolo pelato ci sta provando?».

Shlomo era seduto di fronte a me e osservandolo avevo risposto sorridendo: «Non credo».

Cominciavo a trovarlo sexy, forse proprio perché non sembrava ci stesse provando. Invece quella sera avrei scoperto che nel suo appartamento di Neve Tzedek c'era un solo letto. Non so se mi sono innamorata della noncuranza con cui mi ha abbracciata o della sua schiena da cinghiale, ma da quella notte non ci siamo più lasciati.

C'era qualcosa in Shlomo, nella grazia dei suoi movimenti, nei suoi silenzi, che mi attirava come una chiamata misteriosa. Anche se è passato tanto tempo non ho ancora capito perché mi abbia sposata e io stessa non so perché l'ho fatto. Sposare Shlomo è stata la più grande leggerezza e insieme la più grande fortuna della mia vita.

5

Nel mio primo ricordo prendo di nascosto la sveglia di plastica bianca appoggiata sulla credenza di cucina per portare indietro le lancette di dieci minuti e poi la rimetto a posto. È una sveglia brutta, dozzinale, ma l'ora si vede nitidamente anche da lontano.

L'orario è l'ossessione di mia madre. Se alle otto di sera mio padre non è arrivato, Gemma avrà la certezza che è morto. Comincerà a torcersi le mani alle otto meno dieci, ma apparecchierà la tavola lo stesso, senza però mettere a bollire l'acqua per la pasta, perché se accende il gas prima di aver sentito il rumore dell'ascensore lui muore.

La mamma mette la tovaglia, poi i piatti, le posate da sinistra a destra, i bicchieri da destra a sinistra, gira sette volte intorno al tavolo e intanto entra ed esce dal bagno dove va a lavarsi le mani venti volte. Se riesce ad asciugarle entrambe con un solo stropicciamento di asciugamano lui non muore.

Mio fratello Piero gioca in camera sua, ma io non ho posti dove nascondermi dal dolore di mia madre perché lo sento anche attraverso i muri. Ho cinque anni, e anche se mi chiudo in soggiorno, infilo un disco nel mangiadischi e svesto la bambola, sento il suo dolore dentro di me, una spanna sopra l'ombelico, e sto male.

Per stare meno male invento il trucco della sveglia. Porto

indietro le lancette, così il babbo può tardare dieci minuti anche se non trova parcheggio, anche se l'ascensore è occupato e il semaforo è rosso. Mio padre può tardare dieci minuti e noi possiamo salvarci. Se sarò brava a ingannarla, la mamma non ordinerà con voce rotta a Piero e me di infilarci le scarpe e il cappotto per uscire a cercarlo nella nebbia, come invece farà se alle otto e dieci il rumore dell'ascensore sul pianerottolo e delle chiavi di casa nella toppa non si saranno sentiti.

Non voglio uscire al freddo, non voglio togliermi le mie pantofole scozzesi, ma soprattutto non voglio sentirla soffrire così tanto. La sua ansia mi spaventa.

Ho imparato a barare per fuggire dal dolore, dall'angoscia buia come una tempesta, col vento che spalanca le finestre, il soffitto che ci cade in testa e lei che urla roteando gli occhi. Sono cresciuta col terrore della follia di mia madre e col senso di colpa per non averla saputa proteggere, anche se avevo cinque anni e nessuno proteggeva me.

Per rimandare l'ansia in cui l'avrebbe precipitata la trafila delle malattie dei bambini, Gemma mi ha iscritta a scuola a quasi sette anni, senza mandarmi all'asilo.

Quando finalmente ho iniziato le elementari e come tutti mi sono ammalata, alla prima febbre mi ha imbottita di antibiotici. Mi sono formata pochi anticorpi, ma in compenso ho cominciato a suonare il piano a cinque anni dalla maestra Vanni, che abitava nell'appartamento accanto al nostro.

Per mia madre l'importante era che non attraversassi la strada: se sul pianerottolo avesse abitato una sarta mi avrebbe mandato a lezione di cucito. La maestra Vanni non era una grande insegnante, ma a differenza di mia madre era rassicurante e gli esercizi al pianoforte portavano ordine nelle mie giornate solitarie. Il pomeriggio studiavo pianoforte, il mattino indugiavo nel mio lettino.

Prima dell'operazione avevo dimenticato quante cose si

possono fare dentro a un letto, da bambini. Guardare il soffitto, osservare i tagli di luce che filtrano dalle tapparelle, ascoltare i rumori, ammirare le macchie viola e gialle che appaiono premendosi i bulbi oculari, esplorare il proprio corpo, studiare il quadro appeso alla parete di fronte.

Puoi stare anni davanti a un quadro senza chiederti cosa sia, da piccolo. Osservavo l'angelo col ramoscello inginocchiato di fronte alla Madonna, adagiati sullo sfondo dorato: non sapevo chi fosse l'autore, ma mi andava a genio. Mi piaceva l'angelo, con il collo allungato, il mantello svolazzante, le ali grandi, mi piaceva che la Madonna avesse in mano un libro e tenesse un dito in mezzo alle pagine per non perdere il segno. Ogni tanto scoprivo un nuovo dettaglio: i gigli dentro al vaso, la colomba, gli angioletti, i santi. E poi dalla bocca dell'angelo uscivano delle lettere, come nei miei fumetti di Topolino.

L'ho rivisto con Shlomo dopo più di trent'anni, visitando gli Uffizi che lui conosceva meglio di me. Era la riproduzione dell'*Annunciazione* di Simone Martini e Lippo Memmi. Chissà perché Gemma l'aveva appeso di fronte al mio letto. Forse aveva sperato che l'arcangelo Gabriele mi proteggesse dalle malattie.

Nel lettino osservavo il quadro, pensavo e leggevo. La mia passione era Andersen: il soldatino di stagno con la sua gamba storpia, la piccola fiammiferaia che muore di freddo la notte di Capodanno. Tutti si sentono diversi da bambini, e io così lunga, col nasino a becco, senza amici e con la mamma strana ancora di più. Le mie storie preferite erano quelle in cui un'orfanella senza nulla al mondo per qualche accidente diventa ricca e amata. Desideravo essere un'orfanella anch'io, vivere in una soffitta illuminata solo da un mozzicone di candela e scaldata da un misero focherello, ricevere in dono dal pietoso panettiere un panino caldo e dorato e dividerlo col gatto che viveva con me nella soffitta, indossare un cappottino liso e rivoltato fino a quando lo zio d'America mi avrebbe trovata, mi avrebbe regalato un soffice e caldo manicotto di pelliccia e mi avrebbe portata via con sé.

Mi sono sentita orfana ancor prima di diventarlo, il che è accaduto presto: sappiamo già tutto di noi, fin da bambini, anche se facciamo finta di niente.

Mi crogiolavo nel ritmo lento delle mie giornate piene di emozioni: la luce che mutava dietro la finestra, le pagine dei libri che leggevo e contavo, un tè caldo coi biscotti prima di attraversare il pianerottolo gelato e suonare alla porta della maestra Vanni, il suono magico che usciva dal pianoforte.

Anche quando ho cominciato ad andare a scuola, d'inverno passavo lunghi pomeriggi solitari in casa. Fino a quando i miei genitori sono morti uno dopo l'altro, la mia vita, nel bozzolo creato dalle pazzie di Gemma, era trascorsa ispirata e struggente.

Ci ho messo tanto a riconoscere di essere diventata anch'io una persona ansiosa: per via delle manie di mia madre l'ansia per me era la cosa più brutta del mondo, non potevo accettarla. Io ero quella che reagiva, non quella che si arrendeva, come lei che si preoccupava di tutto tranne di ciò che importava davvero.

Mi sono concessa di riconoscere l'ansia solo quando ho creduto di aver scoperto la cura: scrivere storie, portarle in scena. È stata l'ansia a non farmi fermare mai.

A poco a poco ho capito che per dar tregua ai pensieri ossessivi che da quando i miei genitori erano morti mi vorticavano in testa come girandole d'acciaio, dovevo continuamente inventarmi qualcosa, creare, mettermi alla prova.

Quando sono riuscita a pubblicare il primo romanzo ho scoperto che dal mio modo amplificato di sentire poteva nascere qualcosa di bello, da condividere con gli altri.

Era stata l'ansia a generare la mia scrittura. Ma ora? Ora che le mie cellule sono impazzite? Forse non si può sentire troppo. Forse sentendo troppo ci si consuma, ci si ammala, si muore. La mia ansia creativa è diventata distruttiva? Ora non so più cosa penso, e neanche chi sono.

C'è una frase di Dostoevskij che ho copiato tra i miei appunti: "Nonostante tutte le perdite e le privazioni che ho subito, io amo ardentemente la vita, amo la vita per la vita e, davvero, è come se tuttora io mi accingessi in ogni istante a dar inizio alla mia vita. E non riesco tuttora assolutamente a discernere se io mi stia avvicinando a terminare la mia vita o se sia appena sul punto di cominciarla: ecco il tratto fondamentale del mio carattere; ed anche, forse, della realtà".

Ho provato l'identica, trepidante sensazione di inizio e fine imminenti per tutta la mia, di vita, ma da quando mi sono ammalata non ho più sentito la prima, quella dell'inizio.

6

Dalla porta col simbolo giallo della radioattività si è affacciato un ragazzo abbronzato, con la barba lunga da hipster e un ciuffo di capelli dritto in testa. Un tatuaggio geometrico spuntava dal camice bianco e gli si arrampicava intorno al collo.

Con lo sguardo rivolto alle sedie azzurre, sulle quali aspettavamo in sei, ha scandito il mio cognome a bassa voce. Shlomo si è alzato un istante dopo di me. L'infermiere gli ha fatto segno di fermarsi e ha detto: «Torni a prenderla tra quattro ore, a mezzogiorno».

Shlomo mi ha sfiorato la spalla col dorso della mano, poi mi ha guardata sparire dietro la porta. Era la seconda volta che ci lasciavamo in quindici giorni.

La prima era stata quando un altro infermiere era venuto a prendermi in camera. Aveva le spalle incurvate degli uomini troppo alti, mentre salivamo in ascensore gli avevo chiesto se giocava ancora a basket e aveva scosso la testa. Shlomo aveva rivolto gli occhi al cielo, come a dire "Devi fare il fenomeno anche qui", e mi aveva salutata con un bacio secco davanti alla porta della sala operatoria. Quando ci eravamo rivisti, cinque ore dopo, non riuscivo a smettere di piangere.

Dissezione ascellare: ecco cosa voleva dire quella voce sul preventivo. In caso di dissezione ascellare, tremila euro in più. Ero entrata in sala operatoria senza aver capito cosa significasse, ne uscivo con la spiegazione: ghiandola sentinella presa, ascella dissezionata, linfonodi tolti. Su trentaquattro ghiandole erano state colpite in tre. Voleva dire che il cancro era passato di lì. Forse si era fermato, forse no.

Non avevo mai pianto da quando avevo saputo. Avevo dispensato battute sarcastiche e rassicurato i parenti. Mi ero intristita solo nel fine settimana – eravamo andati al mare – osservando i seni delle donne in costume da bagno. Improvvisamente li trovavo bellissimi, il centro della femminilità. Di lì a quattro giorni me ne avrebbero tolto uno e l'avrebbero sostituito con una protesi piazzata sotto il muscolo. Quel giorno, in spiaggia, il mio seno prossimo al patibolo mi aveva fatto pena. Come tutte le mie cose belle, lo avevo dato per scontato.

Il giovane tatuato si chiamava Aldo e non era un infermiere ma un chimico del reparto di Medicina Nucleare. Abbiamo chiacchierato a lungo, aspettando che il radiofarmaco per la scintigrafia ossea si irradiasse in tutto il corpo. Nessuno mi aveva avvertito che avrei dovuto rimanere quattro ore in un seminterrato gelido. Ero senza calze – fuori era un luglio torrido – e avevo freddo. Aldo mi ha portato una coperta e un tè bollente.

Non sapevo cosa fosse la scintigrafia ossea, a parte il fatto che aveva un nome inquietante e che serviva per capire se il cancro era arrivato alle ossa. Il liquido che mi hanno iniettato era radioattivo e per ventiquattr'ore sarei dovuta stare lontana da bambini e neonati.

Non avevo fatto colazione, dopo un'ora di attesa avevo fame, e Aldo mi ha ceduto la sua merendina vegana. La dottoressa che mi ha fatto l'iniezione era paffuta, coi capelli rossi tinti all'henné, e mi ha ricordato le ginecologhe dei consultori che frequentavo da ragazza.

Mi ha raccomandato di bere molto e lasciato un opuscolo sull'alimentazione consigliata durante le terapie tumorali. Era la prima volta, da quando avevo cominciato a frequentare quell'ospedale all'avanguardia, che qualcuno mi proponeva qualcosa al di fuori del suo ambito specialistico. Ho pensato che lo stile dei medici e dei tecnici del reparto di Medicina Nucleare mi era familiare, come quello degli addetti alla sala operatoria: gente abituata a occuparsi di cose estreme, senza filtri, gente un po' punk, come pensavo di essere io.

Anche in sala operatoria, quando mi avevano tolto la vestaglia, infilato il camice di carta e steso sul lettino, avevo tentato di fare conversazione. Avevo domandato il significato dei loro tatuaggi ai due infermieri, anche loro barbuti, che mi si affaccendavano intorno mettendo sensori e prendendo la temperatura. «Scusi ma abbiamo parecchio da fare» aveva risposto gentilmente uno dei due. Mi ero sentita piacevolmente sciocca. Non ero a un mio spettacolo, e loro non erano il mio pubblico. Stavano lavorando: ero io il loro pubblico. Stesa sul lettino della piccola sala operatoria, tremante nel camice di carta, in attesa di farmi asportare un seno e chissà cos'altro, non ero più Lea Vincre: ero solo la prima operazione del mattino, gli infermieri stavano preparando la sala operatoria non per me ma per tutti i pazienti di quella giornata e non avevano tempo da perdere in chiacchiere.

L'anestesista era in ritardo. Il chirurgo che doveva demolirmi il seno e la chirurga plastica che doveva ricostruirlo erano arrivati, li avevo riconosciuti sotto le mascherine e le cuffie verdi. Sdraiata sul gelido lettino operatorio li sentivo nervosi. Il grande orologio a muro d'acciaio, identico a quello della nostra cucina, segnava le otto e venti del mattino. Avrebbero dovuto iniziare alle otto.

«Niente, Costa non arriva più, chiamiamo il primario» li avevo sentiti dire. Dopo pochi minuti era arrivato un altro medico vestito di verde, con cappello e mascherina. «Lei è l'anestesista? Che mestiere affascinante» avevo fatto in tempo a dire, cercando di creare un contatto almeno con lui. Dopo un istante non c'ero più. Dopo un altro interminabile istante, mi risvegliavo piangendo.

7

La chemioterapia fa schifo. Dopo il primo pomeriggio di nausea paralizzante so una cosa sola: non voglio farla mai più. Perché dovrei avvelenarmi ancora? Oggi è il sesto giorno dalla prima infusione, e per la prima volta riesco a leggere. Mi fanno male la testa, i denti, gli occhi, come se fossi uscita in motorino a gennaio coi capelli bagnati e mi fosse venuta una sinusite violenta. Mi sembra che mi abbiano imbottito di pesi e cotone tutto il corpo ma soprattutto il cervello.

Io che cambio umore in un istante, campionessa di resurrezione, da sei giorni mi sento una patata bollita, gonfia, nera, buttata a marcire in un angolo. Non ho mai smesso, a parte il primo orribile pomeriggio in cui la nausea mi ha steso a letto per cinque ore, di fare le cose di ogni giorno. Ma è come se non fossi più io. Io sono prigioniera. La roba che mi hanno iniettato ha cancellato le emozioni, tranne quelle negative, e non mi fa trovare le parole, i gesti, gli slanci. Non riesco più a scrivere.

Se questo è il risultato di un'infusione, come starò dopo quattro? Il mio corpo si rifiuta di pensarlo. Non ci torno in quell'ospedale. La mia curiosità è stata soddisfatta: la chemioterapia fa schifo. Mi fa schifo anche solo scrivere la parola, pensarla, immaginarla, sapere che esiste.

È la notte di San Lorenzo. Il cielo è coperto, ha piovuto tutto il giorno. Un anno fa cadevano le stelle.

Siamo venuti anche quest'anno in montagna, in fondo è agosto, anche se ho perso la cognizione del tempo e da due giorni ho anche un gran mal di denti. Questo non l'avevano pronosticato. Nausea, malessere e stanchezza, avevano detto. Problemi alle mucose. Non il mal di denti. Quell'ago non me lo rimetto, non mi faccio iniettare quel veleno. Il mio corpo urla di no.

Il mio piano è questo: basta chemioterapia, la chiudiamo qui. Ho provato, visto com'è, deciso che non fa per me. E se mi riammalo, faccio finta di niente, poi quando sono alla fine e mi vengono i dolori vado in Svizzera e risolviamo il problema.

Mi sembra un progetto sensato: non è detto che il cancro torni, né che non lo farà comunque. E se torna perché non ho fatto gli altri tre cicli di chemioterapia prima o poi tornerà in ogni caso. Ho quarantanove anni, non venti. Ho avuto una vita piena, riso e pianto eccetera. I figli sono grandi, ormai ce la possono fare anche senza di me, e magari pure meglio. Per non parlare di Shlomo. Nessuno ha davvero bisogno di me. Non ho anziani di cui dovermi prender cura. Le persone che hanno lavorato con me sono indipendenti. I miei lettori hanno i miei libri.

Posso concedermi di vivere piacevolmente per qualche anno e poi chiudere la partita. Non credo sia un pensiero depresso: mi sembra lucido. Non trovo un motivo convincente per tornare volontariamente dal boia.

Non si può saper fare tutto nella vita – ne ho fatte parecchie di cose difficili – e dentro questa sofferenza avvilente e schifosa non ci so stare. Non ho gli strumenti per sopportarla, mi arrendo. Siamo o non siamo liberi?

Penso a tutti i sacrifici che ho fatto e a quanto mi siano costati. Da giovani i sacrifici si devono fare: la gavetta serve a crescere e a capire come va il mondo, a diventare forti, a non essere viziati. Ma i compromessi degli ultimi anni avrei potuto risparmiarmeli. Ci vuole il fisico anche per quelli e il mio non li regge più da tempo. Se avessi chiuso prima coi tour nei teatri, come volevo disperatamente e non ho fatto perché a tutti, tranne che a me, sembrava la cosa giusta da fare, magari non mi sarebbe venuto il cancro. Se mi forzo a fare quel che sento di non dover fare non ne verrà nulla di buono neanche stavolta, lo so. Sento che non devo più prendere quello schifo.

È da quando sono nata che metto il dovere davanti al piacere, ora voglio essere libera. Voglio essere io, non una cavia imbottita di scorie tossiche.

La chemioterapia è una scommessa. Chi lo dice che serva davvero? Se si avessero garanzie, potrebbe valere la pena di avvelenarsi, ma qui nessuno garantisce niente, si va per tentativi, a caso. Sulla mia pelle.

8

Oggi la nausea è passata, e anche il mal di testa. Ho solo mal di denti. Shlomo e i ragazzi dormono ancora, devo fare qualcosa per distrarmi. Infilo gli scarponi da montagna, il cappello a visiera e gli occhiali per proteggermi dal sole ed esco di casa. Al primo bivio devo decidere se andare a sedermi al baretto e ordinare un caffè d'orzo come ieri o imboccare il sentiero che porta nel bosco. Imbocco il sentiero. Dopo tre giorni di pioggia è spuntato il sole e l'odore delle conifere mi fa provare la prima emozione piacevole. Cammino calpestando aghi di abete e osservando i prati verdi e le baite di legno e pietra sempre più isolate man mano che il sentiero si inoltra nel bosco di larici. Mi piacciono tutte, le case di montagna, così diverse l'una dall'altra. Quella gialla coi balconi di legno intagliato che sembra la casa di Hänsel e Gretel è la mia preferita, ma vado matta anche per quelle di pietra. Ognuna ha un giardino diverso, un prato più o meno curato e qualche albero. A me ne basterebbero due per tendere un'amaca, ma nella casa che abbiamo affittato quest'anno c'è solo un prato e qualche cespuglio. Ci ho messo un tavolo con quattro sedie, l'ombrellone e un dondolo, e si sta una meraviglia. Si starebbe una meraviglia, se mi sentissi bene. Ho comprato il dondolo senza pensare alla nausea e ora mi ci sdraio con gli occhi rivolti al Monte Rosa solo dopo averlo bloccato con una sedia. Sono anni che affittiamo casa qui, ma le più belle sono inaccessibili, chi se le è accaparrate non le lascia. La Val d'Aosta è un mondo inviolabile e immutabile e mi piace per questo. Qui non c'è niente a parte il paesino di pietra, qualche parco per i bambini e pochi ristoranti dove si mangiano gnocchi e polenta concia. Ma la valle è bellissima e intatta, circondata da boschi profumati e grandi prati pieni di fiori viola e gialli. Il ghiacciaio innevato che si staglia all'orizzonte è più vicino di un tramonto sul mare e la sera ha gli stessi colori rosati.

Entro in una radura, tra i faggi, e mi imbatto in una grande statua di Cristo crocifisso coperta da una tettoia di legno. È la prima volta che la vedo, devono averla messa quest'anno. Il corpo è candido come gesso, lunare, con le gocce di sangue rosso che stillano dai fori dei chiodi.

"E quindi è così che si sta, eh?" gli chiedo mentalmente, guardandolo storto. "Solo che io non mi ci sento portata, te lo devo dire, Gesù. Tutte le sofferenze morali che vuoi, in comunione coi mali del mondo, ma quelle fisiche no, grazie, non fanno per me." Supero il crocifisso con una smorfia. Non andiamo per niente d'accordo. Non c'entrava il cancro con questo momento della mia vita, è proprio una bastardata quella che mi hanno fatto.

Continuo a camminare per il sentiero, tra pini, larici e abeti, fino a che arrivo alla seggiovia. Non ci ero mai venuta a piedi, non sapevo fosse tanto vicina. Sale a oltre duemila metri e porta a passeggiate che conosco a memoria e non ho voglia di rifare, ma la corsa in seggiovia mi attira. Non c'è nessuno, ed è strano, per essere agosto. Salgo sul sedile a quattro posti e mi preparo a godermi il viaggio: mi è sempre piaciuto questo tragitto ripido, che vola sopra gli alberi. A metà percorso si oltrepassa una grande malga bianca circondata da un giardino disordinato pieno di galline e oche che circolano in libertà, gatti, un cane, cesti impilati e legna accatastata ovunque. C'è anche un orto rigoglioso e selvaggio, e fiori colorati dappertutto. Non ho mai visto gli abitanti di questa casa che per sei mesi l'anno dalle nove alle cinque vengono sorvolati da gambe di sciatori in inverno ed escursionisti d'estate, e mi chiedo che sentimenti provino nei confronti della seggiovia. Se ne saranno fatti una ragione. I fastidi, le seccature e persino le disgrazie alle quali non c'è rimedio vanno accettati per forza. Perché io non riesco ad accettare il malessere della chemioterapia?

All'arrivo trovo una sorpresa. La casa in legno che ho visto costruire negli ultimi anni è finalmente terminata e ci hanno aperto un piccolo ristorante. Si affaccia su un laghetto blu, artificiale ma affascinante. Entro e scopro un ambiente nuovo e confortevole. Sul banco di un piccolo bar adocchio vassoi di dolci fatti in casa che non posso mangiare. Una donna magra e abbronzata mi sorride e istantaneamente decido di convocare qui Shlomo e i ragazzi. «In terrazzo, in cinque, all'una, va bene?» le chiedo.

«Certo, sorride lei. Segno Vincre.» Mi ha riconosciuta. Negli ultimi tempi ho perso l'abitudine di sentirmi Lea Vincre, mi sento solo una persona che ha avuto un incidente. Fino al momento in cui ho iniziato la chemioterapia il percorso della malattia mi incuriosiva, come tutto quel che mi capita. La voglia e il bisogno di scrivere, di condividere, di raccontare, prevale sempre sulla fatica di ogni esperienza, anche della più estrema. Ma da quel giorno in poi è cambiato tutto. Ora non sono più io, sono un ostaggio.

Oggi però c'è il sole. Scrivo un sms a Shlomo. "Venite a pranzo all'arrivo della seggiovia, tra un'ora? E mi porti un Oki per il mal di denti?"

"Oki" risponde subito.

Mi incammino verso il laghetto e lo oltrepasso: decido che mentre li aspetto farò un tratto della passeggiata che parte da qui.

Prendo il sentiero marcato di giallo che porta alla morena

grande. L'ultima volta che ci sono venuta che persona ero? Una che si complicava troppo la vita, ora che so come può tradirti all'improvviso, ma ero io. Ora sono una me dimezzata.

Il sentiero è circondato da piante di mirtilli e lamponi e da rocce di granito grigie e luminose. Dal lato della montagna spunta tra i cespugli qualche pino mugo. Stacco la sommità di un rametto e ne annuso il profumo delizioso.

Da qui si può vedere tutta la valle, fino al Monte Rosa, e anche se c'è qualche nuvola riesco a distinguere il campanile del paese e forse persino casa nostra. Incontro un grillo che fa lunghissimi salti, poi una farfalla gialla. Salgo per pochi minuti, ma abbastanza per accorgermi di stare meglio. Cammino senza fatica, e mi sto godendo il panorama. La cappa si è dissolta. Rimane il mal di denti ma per quello c'è l'Oki che tra mezz'ora mi porterà Shlomo.

Pensavo che il buon umore non sarebbe più tornato, invece sorrido.

9

Anche oggi mi alzo presto ed esco subito in giardino. Ho ancora molto male ai denti. Ieri mi sono distratta rientrando a piedi con Shlomo e i ragazzi dal ristorante fino in paese, ma appena tornata a casa ho dovuto prendere il terzo Oki della giornata. Per quanto il dolore sia insopportabile, è sempre meglio dell'ottundimento bolso, vischioso e nero in cui ero immersa fino a due giorni fa. La foschia si è diradata anche nel mio cervello.

L'erba è bagnata, ma il sole sta asciugando il tavolo dall'umidità della notte. Il Monte Rosa è striato da squarci di luce, anche se il cielo è ancora coperto di nuvole bianche e grigie. Quando in primavera ero venuta ad affittare questa casa – quella dove stavamo da dieci anni era stata improvvisamente reclamata dal proprietario e pur di continuare a venire qui ne avevo fermata una che non piaceva a Shlomo – e ci avevo dormito la prima notte da sola, al mattino, sul pratone al di là della strada, avevo visto correre a larghe falcate un capriolo. L'avevo preso come un segno di buon augurio per questa casa nuova e ci avevo lavorato per giorni, mettendo le nostre cose negli armadi, appendendo quadri, stendendo tappeti colorati e sistemando libri fino a che era diventata allegra e confortevole.

Ora sono contenta di aver fatto tutto quel lavoro: se avessi ascoltato Shlomo non avrei saputo dove trascorrere il periodo della chemioterapia. Questo è il posto ideale. Conosco tutti e tutti mi conoscono, ma nessuno mi parla a meno che non sia io ad attaccar bottone.

Sono affezionata a questo paese scorbutico, che ha una naturale eleganza non intaccata da mode o turisti danarosi. I molto danarosi non vengono qui, dove non ci sono ristoranti costosi e negozi. In giro ci sono solo famiglie con bambini piccoli o escursionisti che vivono appartati.

Accanto a casa nostra da quando siamo arrivati villeggia una famiglia che mi piace. Stanno in una vecchia casetta bianca a un piano, con un prato ombreggiato da quattro enormi abeti sul quale hanno sistemato un dondolo e un tavolo di ferro smaltati di bianco. Gli invidio quei mobili residui degli anni Settanta: io al centro commerciale ho trovato solo un dondolo moderno e un tavolo di plastica di finto bambù. Anche i miei nuovi vicini sembrano usciti dagli anni Settanta. Hanno due bambini biondi che giocano a calcio tutto il giorno lanciando strilli gioiosi ma educati, vestiti con magliette sdrucite e calzoncini corti identici a quelli che portavamo io e mio cugino alla loro età, quando d'estate trascorrevamo identiche interminabili giornate a giocare in un prato.

La madre è magra, bruna, porta la coda di cavallo e indossa sandali Birkenstock e pantaloni tagliati al ginocchio. È sempre calma, sento il tono di voce dolce con cui chiama i bambini a mangiare. Il padre porta grossi occhiali e ha molti capelli grigi scompigliati in testa. Fa yoga ogni mattina in giardino, sdraiato su una coperta. Dalla casa esce spesso una musica balcanica che mi piace. Come noi non fanno escursioni, non indossano abiti tecnici, pranzano in giardino, fanno lunghe sieste. Lei ogni tanto inforca una vecchia bicicletta pieghevole e va a fare la spesa o a comprare il giornale, mentre i bambini si rincorrono e il marito legge sull'amaca di rete bianca stesa tra due abeti. Ispirano serenità, e mi piacerebbe conoscerli, ma non accennano mai a un saluto, parlano poco, con sorrisi seri e riservati, anche tra di loro.

Il dente pulsa. Scrivo alla dottoressa Azzurra, l'assistente simpatica del primario, che naturalmente mi suggerisce di vedere subito un dentista. Ma dove lo trovo un dentista quassù, a Ferragosto? Mi viene in mente di chiamare Remo, l'ex maestro di sci novantenne col quale ho fatto amicizia. Con una erre che al telefono è ancora più arrotata Remo mi dà il numero del suo dentista che abita a fondo valle, il dottor Bono. Mi immagino il dentista Bono Vox brandire il trapano coi suoi occhiali gialli. Da quando prendo l'antinfiammatorio in dosi massicce mi sento più lucida e più allegra. Ho anche ricominciato a guardarmi allo specchio.

Non so se mi cadranno i capelli. Durante la chemioterapia ho accettato di indossare una speciale cuffia che porta la temperatura del cranio a cinque gradi e che potrebbe ridurre la caduta fino al settanta per cento.

Dei capelli non mi importa niente, ma forse lo penso perché li ho ancora e sono curiosa dell'esperienza della calvizie come di tutto quel che mi sta accadendo. Hanno insistito perché sperimentassi il caschetto nonostante temessi che il freddo alla testa fosse insopportabile. Invece dopo venti minuti di morsa gelata ed emicrania mi sono abituata e l'ho tenuto le tre ore dovute.

Non riesco ancora a ritornare col pensiero a quel primo giorno di chemioterapia, nonostante la mattinata fosse andata meglio del previsto. Mi hanno trovato subito la vena senza dovermi mettere l'ago fisso, il Picc, che gli infermieracci cattivi hanno caldeggiato e al quale mi sono ribellata provocando un certo subbuglio in reparto. Anche le infusioni non sono state troppo sgradevoli. Le prime due, i sacchetti rossi, non mi hanno quasi dato fastidio, mentre la terza ha immediatamente innescato i predetti sintomi di sinusite in modo tanto meccanico che mi ha quasi divertito. Avevano appena finito di dirmi «Questa potrebbe darle dei sintomi di tipo influenzale» che ha cominciato a colarmi il naso e farmi male la testa, coincidenza di parole e fatti che ho trovato rassicurante, il segno che loro sapevano quello che facevano e che il mio corpo rispondeva come doveva rispondere. Anche il ragazzo nella poltrona accanto alla mia sembrava provare più curiosità che malessere. Ogni tanto alzava gli occhi dal suo libro e si guardava in giro con un mezzo sorriso, come se fosse da Starbucks invece che in un reparto chemioterapico. Ci siamo scambiati poche parole ma l'ho sentito familiare, non solo per quello che stavamo condividendo. Aveva i capelli lunghi, gli orecchini, sembrava un musicista, invece mi ha detto di essere un insegnante e di chiamarsi Luca.

Finita la chemioterapia mi sentivo talmente bene che ho chiesto a Shlomo di accompagnarmi al bar dell'ospedale dove facevano un buon caffè e l'ho ordinato piena di aspettative, come per sancire il ritorno ai miei soliti piaceri, ma aveva un gusto tremendo. Da allora non ne ho più bevuti e l'odore del caffè, che è sempre stato uno dei miei preferiti, mi provoca disgusto.

Sono tornata a casa stanca, ma con lo stomaco così a posto che mi sono voluta fermare dal fruttivendolo per comprare qualcosa per i ragazzi. Ho scelto delle belle pesche saturnine, un po' di albicocche dorate e una vaschetta di meravigliosi duroni neri di Vignola. A casa ho lavato una manciata di ciliegie e me le sono portate a letto in una tazza. Le ho mangiate di gusto, rispondendo ai messaggi di mio fratello che voleva sapere come stavo: "Un po' stordita ma bene".

Nel giro di dieci minuti un'ondata di nausea mi ha travolta e paralizzata. Credo che nulla sia più schifoso e debilitante della nausea. Per cinque ore non sono riuscita ad alzarmi dal letto per andare in bagno e a far nulla che non fosse tenermi le mani sullo stomaco e provare, tramite Shlomo che telefonava a tutti i medici che conoscevamo, una medicina dopo l'altra. Plasil, cortisone, nulla placava il mostro che aveva alzato la testa per farmi capire chi avrebbe comandato da quel momento in poi.

Il mio prima e dopo sul cancro non parte da quando l'hanno trovato ma dal giorno della prima chemioterapia, il giorno in cui ho provato la prima nausea devastante e ho capito quel che sono diventata: una prigioniera.

10

Il dentista Bono ha uno studio allegro e moderno, inaspettato nel tetro paese di fondo valle dove Shlomo mi ha accompagnato, anche se nella sala d'attesa ci sono solo due ottuagenari montanari in linea con lo stile del posto.

Quando un'assistente con la mascherina mi fa entrare, mi viene un colpo: il dentista somiglia veramente a Bono Vox. Non è alto ma è muscoloso, con una bella faccia aperta e un ciuffo di capelli gonfi sulla testa che gli dona un sensuale aspetto anni Cinquanta. Mi tasta il dente che mi fa malissimo e ai miei lamenti si stringe nelle spalle, con un sorriso simpatico: «Tutti i sintomi parlano di infezione, ma facciamo i raggi. Non è incinta vero?».

«Ehm, no dottore.»

Al telefono gli ho frettolosamente spiegato della chemioterapia e lui non ha fatto commenti.

Mi fa mordere uno strumento modernissimo e mi piazza una macchina attorno al cranio: «Stia immobile». La macchina fa un suono identico al segnale di *Incontri ravvicinati del terzo tipo*. Ed eccomi di nuovo paziente, anche se stavolta non è una scintigrafia, un ago aspirato o un'ecografia, ma una banale radiografia all'arcata dentale e fuori da questa finestra ci sono abeti e non corridoi illuminati al neon.

«Come temevo» dice Bono Vox senza perdere il suo franco sorriso «ci sono ben due punti di infezione all'apice dei canali trattati del sesto e settimo molare, sotto le capsule.»

«Ah, e quindi?»

«Quindi per il dolore può solo attendere che nell'arco di quarantotto-settantadue ore l'antibiotico riduca l'infiammazione, poi dovrà riaprire i canali trattati, ripulire, richiudere le capsule...»

«E quanto ci vorrà?»

«Almeno tre sedute. Quando torna il suo dentista dalle vacanze?»

Io non voglio tornare a casa. Io non voglio il mio dentista, voglio Bono Vox, la sua finestra sugli abeti e i suoi capelli anni Cinquanta, se proprio devo riaprire dei canali devitalizzati.

«Credo a settembre. Lei quando riapre lo studio?»

Al telefono mi ha detto che oggi sarebbe stato il suo ultimo giorno di lavoro prima delle ferie d'agosto.

«Il 25, quando torno dalla Basilicata.»

Ecco perché è così belloccio e gentile: gli uomini meridionali sono sempre più belli e gentili.

«Crede sia un problema legato alla chemioterapia?» domando.

«Direi proprio di sì. La cura abbassa le difese immunitarie e le magagne latenti saltano fuori. Quello spazietto dove si sono creati i batteri lei ce l'ha da quando è stato fatto il lavoro, chissà quanti anni fa. Restava in equilibrio, ma ora la tossicità ha preso il sopravvento e zac.»

Finalmente uno che parla chiaro. Gli oncologi non ammettono mai che sia lo schifo di chemioterapia a farti star male. Dicono un sacco di "forse" e di "potrebbe" e di "dipende", mentre il mio Bono Vox le ha cantate a loro e persino al mio dentista.

Come se mi avesse letto nel pensiero aggiunge: «Non dico che il lavoro non sia stato fatto a regola. È che una volta non avevano gli strumenti precisi di adesso». Sia mai che il dentista gentiluomo voglia screditare un collega.

«Lei quindi è lucano?» domando.

«Trapiantato qui da una vita. Ho studiato a Torino e sposato una ragazza che abita in valle» risponde. «Domani pomeriggio vado giù a trovare i miei ma se domattina sentisse molto male mi chiami e posso provare ad aprire, ma speriamo non ce ne sia bisogno. Può prendere fino a tre Oki al giorno e fare sciacqui di clorexidina.»

«Ieri ne ho presi quattro» mi lascio scappare.

«Quattro è meglio di no, le fanno male» dice, sempre sorridendo.

«Quanto le devo dottore?»

«Ma niente, si figuri, gli amici di Remo sono miei amici» si schermisce. «Mi saluti la nostra roccia.» Realizzo che il mio amico Remo, bellissimo novantenne, ha una dentatura perfetta per merito di Bono Vox.

Esco dal suo studio rinfrancata nonostante la prospettiva del calvario che mi aspetta coi denti. Incontrare persone piacevoli e gentili conforta. Forse d'ora in poi verrò qui in valle a curarmi i denti. Se ci fossero un oncologo e un ospedale adatti, potrei fare tutte le cure qui, invece che nel centro di eccellenza dove vorrei tanto non mettere più piede.

In sala d'attesa Shlomo si alza appena mi vede uscire. «Le presento mio marito Shlomo» dico.

«Piacere» sorride Bono stringendogli la mano. Per un istante mi chiedo come sarebbe essere sposata a un dentista lucano, e mi sento immediatamente in colpa per il pensiero che ho evocato. Shlomo è pallido, sta dormendo meno del solito e si dedica di più a me. In questi giorni è paziente come non è mai stato, mi ha persino accompagnato nella passeggiata dal ristorante fin giù a valle, lui che odia camminare in montagna.

Usciamo dallo studio tenendoci per mano.

«Ti ho sentita strillare.»

«Faceva male. È un casino.»

«Lo so, ho sentito tutto.»

Shlomo sembra vivere in un suo mondo invece sa sempre quel che c'è da sapere.

Gli do un bacio sulle labbra secche e gli dico: «Ti voglio bene».

«Anch'io» risponde subito.

Credo sia la terza volta in quindici anni che gli dico "Ti voglio bene". Una volta gli dicevo "Ti amo".

Questo "Ti voglio bene" da anziani mi commuove quanto la sua risposta pronta. Di solito esitava un momento, o faceva una battuta, quando gli dicevo "Ti amo".

Saliamo in macchina e riprendiamo la strada coi tornanti che ci porta a casa, in silenzio.

11

Franz l'ho "trovato già fatto", come dice Shlomo di Giovanni. Franz e Giovanni hanno diciotto anni, Marco è nato quando loro ne avevano cinque. Si somigliano tutti e tre. Quando siamo in vacanza insieme, come in questi giorni, Giovanni e Franz, che non hanno legami di sangue, vengono presi per gemelli.

Franz vive a Berlino con sua madre Christine, che non ha mai voluto sposare Shlomo e lo ha lasciato perché si era innamorata di "uno con la Harley", dice Franz, mentre Marco e Giò abitano con noi. Quando Giò era piccolo ogni tanto stava da Vito, ma da quando il posto più importante della sua vita è diventato la sua stanza col wi-fi se ne separa il meno possibile. Incontra il padre a cena, quando lui non è in tour con la band. Vito ha cambiato diverse ragazze da quando ci siamo separati e ora sta con una cantante lirica thailandese, Su, che Giò non ha ancora incontrato.

La passione di Giò è il cibo, e costringe il mite e squattrinato Vito a portarlo in ristoranti di pesce dove ordina le linguine all'astice che io gli proibisco di prendere quando esce con noi.

I ragazzi sanno della malattia, e non sembrano turbati.

Quando avevo l'età di Giò mio padre si ammalò di cancro e il medico lo disse a me e a mio fratello ma non a mia madre, per via della sua ansia. Una decisione scellerata che mi fece soffrire di laceranti sensi di colpa per non aver saputo gestire la situazione. Mio padre era in una fase avanzata e morì dopo un anno senza che parlassimo mai della sua malattia né con lui né con mia madre, che morì pochi mesi dopo per un infarto. Per questo appena ho saputo del cancro ho deciso che, a differenza di quel che era capitato a me, noi ne avremmo parlato, sdrammatizzando e dando la versione dei fatti più ottimistica: avevo un tumore, me l'hanno tolto e ora mi fanno dei cicli di chemioterapia a scopo precauzionale, per dare una ripulita. Niente di grave a parte il fastidio delle cure.

I ragazzi i primi giorni hanno mostrato un blando e disgustato interesse per i miei tre drenaggi e la cicatrice, poi sono rientrati nel loro tran tran di telefonini, cuffie, musica e computer.

Durante l'intervento mi hanno messo due drenaggi nel seno destro e uno nel sinistro, dove hanno impiantato una piccola protesi per armonizzarlo con quello operato: dei lunghi tubi che spurgavano sangue e siero finivano dentro due sacchetti, uno per parte, che mi sono portata in giro per tredici giorni. Se uscivo avevo imparato a occultarli dentro borse a tracolla e coprirli con larghe sciarpe. Era come avere la coda: dovevo stare attenta a non impigliarla nelle maniglie delle porte, a non schiacciarla nel letto, a non dimenticarmi mai della sua esistenza. Quando ho tolto tubi e sacchetti per un po' mi sono mancati: ho provato la sindrome dell'arto fantasma, anche se ho avuto la coda solo per due settimane.

Fino a che non ho iniziato la chemioterapia ero piena di energie, e il mio umore deve avere rassicurato i ragazzi: erano identici a prima, ugualmente lunatici, disordinati, pigri, muti e a volte invece affettuosi e chiacchieroni. Il giorno in cui sono stata peggio mi hanno cautamente girato alla larga, come fanno gli animali. Non puoi chiedere a un adolescente di occuparsi di un malato di cancro, ma nemmeno devi privarlo dell'esperienza. Io con loro ne ho parlato spesso, come parlo dei miei libri, dei problemi a teatro, delle persone che conosciamo. Sembrano distratti ma sanno sempre tutto, come Shlomo, e spesso offrono opinioni sagge e pertinenti su cose e persone.

Ogni tanto, di rado, chiedono come sto. Ho notato che hanno assimilato ogni informazione anche se quando ne parlo con Shlomo sembra che non ascoltino. Giò l'altro giorno ha detto: «Quindi torni a Milano la sera prima, il 25?». Aveva registrato che la prossima terapia è il 26 agosto.

Oggi a tavola Shlomo non c'era e io mi sono lagnata coi ragazzi come una bambina capricciosa: «Non voglio rifare quello schifo il 26, in fondo è solo una precauzione, non sono obbligata».

E Giò, che dei tre è il più razionale, ha dichiarato con aria baldanzosa: «Allora io stasera esco nudo sotto la pioggia, in fondo gli abiti sono solo una precauzione, non è mica detto che mi ammali se non mi copro», mentre i suoi fratelli sghignazzavano.

Marco è il più interessato ai capelli. «Quando li perdi?» si informa in tono mondano.

«Tra il dodicesimo e il diciassettesimo giorno, ma non è detto, magari il casco di ghiaccio li preserva, ho visto le foto, c'è chi ne perde solo un po' in mezzo alla testa, ma alla peggio starò come il Pater» rispondo, provocando altra ilarità.

Pater è Shlomo, coi suoi pochi capelli rasati.

Franz mi mostra le foto di una sua amica popolarissima su Instagram che soffre di alopecia e sfoggia graziose bandane e occhiali da sole. Ha la sua età ed è molto bella. Non penso che starei altrettanto bene senza capelli, col mio naso.

Ho saputo che Marco ha parlato della mia malattia con le sue due migliori amiche, specificando che era un segreto, e loro l'hanno raccontato in segreto alle madri che mi hanno mandato messaggi affettuosi.

Penso che i figli grandi non si siano confidati con nessuno. Shlomo e Giò hanno un rapporto complicato. Shlomo ama Giò con una durezza che credo abbia contribuito a forgiargli il carattere, perché è molto più saggio di suo fratello tedesco, che dimentica pezzetti di hashish in bagno e si rompe le gambe giocando a calcio in una squadra punk di Berlino.

Marco potrebbe avere ereditato la mia ansia. Scrive, canta e suona la chitarra benissimo, ma è svogliato e timido e allo stesso tempo profondo e spiritoso. A volte mi abbraccia all'improvviso, a volte risponde polemicamente, spesso non risponde. Non è estroverso, ma ha solo dodici anni e non è facile capire come diventerà.

Franz ha dovuto crescere in fretta: sua madre gira il mondo in moto cambiando un fidanzato dopo l'altro. Lui è protettivo nei suoi confronti, la tratta come una figlia bizzarra, ma dice che "in fondo è una tipa a posto". Io l'ho incontrata poche volte, quando Franz era piccolo e lo riportavamo a Berlino dopo le vacanze che ha sempre trascorso con noi. Christine mi intrigava, con quei capelli biondi dritti in testa e i pantaloni di pelle in ogni stagione.

Ci scambiavamo sorrisi e qualche frase in inglese: mi sarebbe piaciuto conoscerla meglio, ma Shlomo la evita e ne parla il meno possibile.

L'unica cosa che mi ha detto di Christine è stata: "Da ragazza era bellissima".

12

Ho litigato di nuovo con Shlomo. Non succedeva dal giorno prima che scoprissi il tumore.

I nostri scontri sono incendi velocissimi, divampano per una frase, in un istante, e si lasciano dietro un deserto di rancore e mutismo che dura per giorni. Sono quasi sempre provocati dai figli. Abbiamo litigato anni per Giò, ora litighiamo per Marco.

Marco si era alzato a mezzogiorno, e quando dal piano di sotto gli ho gridato «Fai la doccia che poi devi mettere la crema per i funghi» – prende continuamente funghi e verruche – Shlomo ha urlato spazientito: «Lo sa già». Lo fa sempre. Risponde al suo posto, lo difende in ogni cosa, mi contraddice e mi dà torto davanti a lui. La cosa mi preoccupa perché temo abbia effetti devastanti sulla sua educazione, anche se coi figli non si può mai sapere. Franz è stato un bambino angelico e obbediente e ora è un ragazzo inquieto, Giò era un bimbo complicato, che socializzava a fatica, e ora è un diciottenne equilibrato. Quindi non so che ne sarà di Marco, il mio piccolo misterioso, che passa dalle risate incontenibili ai pianti improvvisi se si sente ingiustamente accusato. Ogni volta che scopro una sua bugia si inalbera e si dispera, punto nel vivo. Non penso gli giovi il fatto che il padre lo difenda sempre, e lo sgridi solo le rare volte in cui fa caso a come si comporta, il che solitamente avviene se fa qualcosa che infastidisce lui, come usare i suoi asciugamani o le sue matite.

Shlomo è leggero e spiritoso finché le cose non lo toccano personalmente, ma quando è lui a dover cucinare, pagare una bolletta o occuparsi di qualcosa di ordinario e noioso diventa pignolo e pontifica rimproverando tutti.

Sono quasi ventiquattr'ore che non ci parliamo. Lo sento fischiettare nell'altra stanza, liberato dal peso di dover essere gentile e chiedermi come sto. Finalmente è potuto rientrare nella sua monade introversa di uomo che basta a se stesso.

In questi due mesi è stato bravo. Non è diventato più affettuoso ma è stato presente. Mi ha accompagnato a ogni esame e a ogni visita, ha gestito prescrizioni e carte, ha pagato parte dell'operazione con una sua assicurazione tedesca che si è rivelata provvidenziale.

Le rare volte che mi sono abbattuta prima della chemioterapia e ho fatto discorsi tetri si è allontanato, ma questo fa parte di lui. Il dolore lo respinge. Non ha idea di come gestirlo.

Il pomeriggio che sono stata travolta dalla nausea ha cercato di aiutarmi come poteva: accendendo il ventilatore, portandomi le medicine e la Coca-Cola consigliata via sms da Azzurra, accompagnandomi in bagno. Dal mattino successivo, quando il bozzolo di malessere mi ha avvolta, mi è sembrato di nuovo lontano, ma soltanto dopo tre giorni di freddezza gli ho detto quanto mi sentivo sola. Allora si è sforzato di farmi contenta: lui che ha il bisogno fisico di stare molte ore da solo mi ha dedicato una sua intera giornata. È venuto con me dal dentista e la sera a vedere *The Judge*, un bruttissimo film che ho proposto solo perché c'era Robert Downey Jr., senza saperne nulla. Nel film, retorico e mal scritto, il vecchio Robert Duvall, giudice irreprensibile, all'improvviso perde colpi sotto gli effetti della chemioterapia che gli causa ogni tipo di orrendo malessere e gravi vuoti di memoria. C'è anche una scena in cui il figlio,

Downey Jr., avvocato squalo di Chicago tornato in Indiana solo per il funerale della madre, deve pulirlo dal vomito e dagli escrementi che si è fatto addosso dopo una chemioterapia. Non avevo osato girarmi e guardare Shlomo, durante quella scena.

Queste gentilezze devono averlo sfinito al punto che quando gli ho dato dello stronzo via sms per avermi contraddetta per l'ennesima volta davanti a Marco, non gli sarà parso vero di potersi prendere una vacanza da me.

Ora chissà per quanto tempo andremo avanti così. All'inizio dell'anno, proprio qui in montagna, abbiamo avuto un litigio simile che si è trascinato per mesi di sorda guerra, e che ho vissuto con un senso di dolore continuo e opprimente al petto. Shlomo non mi aveva parlato nemmeno il giorno della prima del nuovo monologo. Forse è stato quello il grande dolore di cui mi ha chiesto la dottoressa Parenti. In effetti, il tumore è spuntato poche settimane dopo.

13

Tra qualche giorno partiranno quasi tutti: Shlomo accompagna Marco e Franz a Milano, e da lì Franz torna a Berlino e Marco va al mare con Sin, la sorella di Shlomo, che passa l'estate in Italia. Rimangono qui solo il gatto e Giò, che mi ha informata di avere una due giorni di non so che festa della birra al paese vicino, e che per non salire in macchina con qualcuno che ha bevuto prevede di fermarsi a dormire lì. La sua saggezza è fatta anche di queste cose. Non arriva a rinunciare alla festa della birra.

Proprio in quei giorni avrò il nadir, come chiamano il picco negativo dei globuli bianchi. Si vedrà se perderò i capelli e come starò. L'idea di rimanere sola fino a che non torna Shlomo mi preoccupa e questa è una novità. Fino a tre mesi fa sarei stata contenta al pensiero di godermi un paio di giorni in montagna da sola, ora invece la mancanza di forze mi rende insicura. E anche il non sapere mai come starò l'indomani, dal momento che ultimamente sono stata preda di un malessere sempre diverso: lunedì nausea, martedì mal di denti, mercoledì mal di testa. Domani cosa mi aspetta?

In compenso mi sembra di non soffrire più d'ansia. Di non potermelo permettere. C'è da sopravvivere, e non posso crogiolarmi nei vecchi tormenti.

Stanotte ho dormito poco perché Shlomo, nella sua versione "faccio come se tu non esistessi" è venuto a letto all'una, e io alle sei mi sveglio. Se è a casa, non riesco a dormire fino a che non mi raggiunge. Lui la vive come una prepotenza ma se è in buona cerca di venire a letto entro mezzanotte in modo che io dorma almeno sei ore. Da quando abbiamo litigato dorme tutto il giorno, il suo modo tradizionale di reagire alle nostre liti, e ovviamente la sera non ha sonno.

Mi sono svegliata alle sei con un mal di testa insopportabile e mi sono rigirata nel letto a lungo, poi alle sette gli ho sussurrato: «Devo dirti una cosa». Ha emesso un grugnito. Gli ho detto che sto malissimo, che lo stress del nostro litigio non mi aiuta, e che se non ce la fa a superarlo forse è meglio che torni subito a Milano così forse la notte dormo.

Lui si è girato dall'altra parte senza dire una parola. Dopo poco ho sentito che dormiva e mi sono alzata. Mi sono lavata e vestita cercando di non far rumore e sono uscita sotto la pioggia con la testa che pulsava.

Sono venuta fino al bar in fondo al paese, il primo che apre, e ho scambiato due chiacchiere sul tempo coi proprietari, poi mi sono spostata davanti alla vetrata che guarda il bosco.

Chiamo mio fratello Piero e mi sfogo con lui.

«Potrebbe andar peggio» dice. «Pensa se fosse ancora viva la mamma. Come faremmo a dirle del tumore?» Riesce a farmi ridere.

Ora ci scherziamo, ma quando gli ho detto che ero malata ho dovuto fare una lunga premessa, chiedendogli di fare il bravo, ridendo e sdrammatizzando. «Cosa ridi, sciocca?» era stata la sua prima reazione. Avevo dovuto alzare la voce per fargli capire che mi stavo impegnando, e che il trattamento Gemma non sarebbe stato accettato. Si era subito scusato e da allora, se ha delle ansie, le nasconde bene.

Osservo il limitare del bosco e vedo qualcosa che si muove, forse uno scoiattolo. Mi alzo per andare a guardarlo da vicino. Intanto ha smesso di piovere ma l'erba è bagnata e non riesco ad arrivare allo steccato dove ho adocchiato il movimento. Forse era solo un gatto.

Torno al bar e ordino un succo di mirtillo, poi mi metto a scrivere.

Prima di scoprire il tumore avevo iniziato un monologo tragicomico che aveva come filo conduttore la mia ansia. Ne avevo letta qualche pagina al mio agente, al quale era piaciuto moltissimo, e aveva suggerito che stavolta mi facessi dirigere da un regista importante. Aveva fatto il nome di Thai Sinopoli. La sua idea mi aveva spaventata ma come sempre mi ero sentita in dovere di superare le mie paure e avevo chiesto un appuntamento a Sinopoli, che mi aveva subito invitato a pranzo a casa sua.

Lui e la moglie mi avevano ricevuto in un elegante appartamento affacciato su una splendida piazza milanese, uno di quegli indirizzi in cui non pensi si possa abitare davvero. La moglie aveva preparato il pesto di mandorle e avevamo mangiato trofie deliziose e delicati formaggi di uno dei migliori salumieri di Milano. Erano una coppia affascinante: intelligenti, belli, gentili e aperti. Gli avevo parlato del progetto e proposto di fargli sentire qualcosa dopo pranzo. Mentre leggevo lui sorrideva. Aveva applaudito due volte. Sua moglie sembrava attenta ma più prudente. Appena avevo finito lui si era precipitato ad abbracciarmi gridando: «Ti dirigo io!».

La sua reazione mi aveva fatto piacere ma anche terrorizzata. L'ansia mi gelava le mani e mi faceva sudare. Sono abituata a decidere da sola. Di fronte a quel grandissimo regista che avevo adorato per la sua originalità mi sentivo impacciata e terribilmente agitata. Lui se ne era accorto.

«Hai paura?» aveva chiesto fissandomi negli occhi. È un uomo di tale intensa fisicità e bellezza che la sua sola vicinanza mette a disagio.

«Sì» avevo ammesso.

La moglie l'aveva guardato severamente, come se volesse chiedergli di essere meno diretto. "Non vedi che la spaventi" era scritto nel suo sguardo intelligente e azzurro. «Se hai paura è un altro discorso. Ma io farei così...» e aveva cominciato a raccontarmi le sue idee per la messa in scena, che mi avevano spaventato ancora di più.

Ero uscita da casa loro ringraziandoli esageratamente, con la promessa di un nuovo appuntamento durante le vacanze estive per leggergli il resto. Nella foga Sinopoli aveva deciso di chiedere al direttore del suo teatro stabile una settimana di prove per lavorare al testo direttamente in scena.

L'incontro era stato un successo, non fosse che io non volevo fare più monologhi nei teatri da almeno tre anni, e tanto meno volevo farli con un mostro sacro del genere. Ma potevo perdere quell'occasione? Quando mi sarebbe ricapitato di lavorare con un genio come lui? Non dovevo cercare di superare le mie paure e le mie stanchezze e rimettermi un'altra volta in gioco?

Di lì a pochi giorni, la mammografia avrebbe cancellato quei dubbi.

Per un po' ho abbandonato il lavoro. Fino a che un mattino, tre settimane dopo l'operazione, mi è tornata la voglia di scrivere. Da allora l'ho fatto ogni giorno, tranne quelli dopo la chemioterapia, quando ero troppo ottenebrata dal malessere.

In fuga da Shlomo riprendo a scrivere, sul programma del piccolo iPad che porto sempre con me. Arriva mezzogiorno e Shlomo non mi ha ancora cercato. Gli mando un sms: "Ciao cosa hai deciso? Di rimanere nel tuo bozzolo? Vorrei sapere prima di tornare a casa che intenzioni hai".

Risponde: "Preparare il pranzo. Stanotte mi sono addormentato alle cinque, non ero in grado di intendere e volere". Come immaginavo si è appena svegliato, e probabilmente non ricorda nemmeno quel che gli ho detto prima di uscire.

Potrei essere generosa, soprattutto con me stessa, lasciar correre e voltar pagina, visto il tono accomodante, ma non ce la faccio.

Rispondo: "Allora lo ripeto: non posso permettermi il clima degli ultimi giorni né il tuo stile di vita. Ho bisogno di dormire se no mi scoppia la testa. Quindi se hai intenzione di continuare così è meglio evitare la convivenza".

E lui: "Ok".

"Ok cosa?" ho risposto.

"Ok mi levo di torno come mi hai chiesto."

Ma come ho fatto a innamorarmi di questa testa dura, di questo uomo di Neanderthal?

Scrivo: "Non ti ho detto di levarti di torno, ho detto: se continui così è meglio che evitiamo la convivenza fino a che non ti passa".

Qui gli girano le palle: "Piantala con questi giochini. Tu mi hai aggredito. Tu sei responsabile di come continuo. La risposta te la dai da sola".

Fa girare le palle anche a me: "Io non faccio giochini. Io sto cercando di sopravvivere. Non per questo smetto di fare la madre e incazzarmi se penso che i tuoi comportamenti nuocciano ai figli. Comunque non te ne voglio e accetto i tuoi limiti, non è facile star vicino a una che fa chemioterapia. Hai fatto quel che hai potuto, ora torna pure alla tua natura".

E lui, il pezzo di merda: "In realtà è più facile stare vicino a te malata che a te in generale. Se hai bisogno ci sono. Se vuoi fare la bisbetica prepotente non contare sul mio buon umore".

Qui mi fa incazzare ma anche sorridere. È l'uomo più privo di retorica che esista. È unico. In tanti anni non ho ancora capito se sia un egoista sensazionale o un anticonformista. Probabilmente non è nessuna delle due cose. Forse mi sono fatta delle fantasie sbagliate, sulla sua infanzia di bambino grasso. In realtà la vita lo ha viziato. Non ha mai dovuto preoccuparsi di come mantenersi perché sua nonna materna, commerciante di legname, gli ha lasciato un'eredità che si è goduto fino all'ultimo spicciolo e ora ha molto più lavoro di quel che ha intenzione di fare. Quando Christine lo ha lasciato probabilmente lui si era appena reso conto che la bella ragazza di cui si era innamorato era fuori di testa, e non avrebbe saputo come levarsi dall'imbarazzo altrimenti. Non è uomo che senta la mancanza di nessuno, tanto meno di figli piccoli e capricciosi, ed è stato ben contento di vedere Franz solo per le vacanze. Si è trasferito a tredici anni in Germania, non ha fatto il militare, in un modo o nell'altro ha scampato tutte le guerre, le intifade e gli attentati.

Gli scrivo, ben sapendo che ormai ho perso la partita: "Non mi sembra sia il buon umore a mancarti, ti ho sentito fischiettare tutto il giorno e so che il nostro provvidenziale litigio ti ha concesso di metterti in vacanza da me. Parlo delle minime premure da avere se si convive con un malato. Se non ti senti di averle meglio se non ci sei".

E lui, ormai trionfante: "Ognuno decide per sé quello che vuole".

Penso a chi fa fantasie di ammalarsi o avere un incidente, a quelli che tentano il suicidio fantasticando "Quando starò male sì che capiranno e mi ameranno": chi ti ama veramente non ti amerà di più se ti ammali o ti succede qualcosa. Ti amerà come prima, come sa amare, e forse è giusto così.

14

È da quando stiamo insieme che il cibo tra me e Shlomo è fonte di conflitti. Lui mangerebbe solo schifezze. È fortunato anche in questo, perché da quando è dimagrito gli è cambiato il metabolismo e ha uno stomaco di ferro. Quando usciamo ingurgita gnocchi annegati nel formaggio fuso, cotolette e patatine fritte surgelate, tiramisù straripanti di mascarpone. Naturalmente i ragazzi vogliono imitarlo. Quando erano bambini ogni pranzo fuori era spunto di discussioni ma ormai sono grandi e scelgono quello che vogliono. Marco e Franz mangiano come Shlomo, Giò è un buongustaio e sceglie piatti raffinati.

A casa ho risolto il problema cucinando io, ma le poche volte che gli delego la spesa Shlomo compra solo lonza di maiale e salsicce piene di sale, zucchero e polifosfati che i ragazzi trovano succulente. Ho provato a spiegargli il rischio che comporta abituarsi a mangiare così, soprattutto per loro che non è detto abbiano ereditato il suo dna da vichingo, ma di fatto il cancro è venuto a me, che mangio le verdure e il pesce, non a lui. Non me l'hanno fatto notare ma immagino lo abbiano pensato tutti in famiglia, anche se il tumore alla mammella non c'entra con l'alimentazione. L'anziano professore, così vecchio da sentirsi libero di dire quel che pensa, al quale ho fatto la domanda diretta «Perché viene il cancro al seno?», mi ha risposto soavemente: «Cento anni fa le donne allattavano sette o otto figli, e la ghiandola mammaria assolveva alla sua funzione: i due o tre che quando va bene allattate oggi non bastano a proteggervi. È un'ingiustizia ma è così».

Quando torno a casa con le borse della spesa traboccanti di frutta e verdura trovo Shlomo seduto di fronte al portatile che seleziona carte da parati vintage. Non mi saluta e noto che ha allontanato l'opuscolo sull'alimentazione consigliata durante le terapie antitumorali che gli avevo lasciato accanto al computer. «Guarda che è scritto da un oncologo» gli dico, «non da uno dei miei stregoni.» Lui chiama così i medici omeopatici e antroposofici che ho consultato in appoggio alla terapia tradizionale. Mi rivolge uno sguardo arrabbiato: «Ancora la menata sulla pasta all'amatriciana di ieri? Ti chiedo sempre se devo bollirti qualcosa quando cucino io».

«Vero, ma è ovvio che se per me ci sono zucchine bollite e per voi bucatini all'amatriciana è un po' punitivo. Potresti cucinare qualcosa di sano che possa mangiare anch'io, come ho fatto per voi per quindici anni» dico indicando l'opuscolo.

Mi guarda con disprezzo e ringhia: «Ne ho piene le scatole della tua prepotenza. Parli sempre di te».

È un'accusa ingiusta e cattiva. Mi viene da piangere come fossi una bambina piccola e come una bambina strillo, salendo le scale e correndo in camera da letto, «Sei cattivo, cattivo...». Chiudo la porta, mi butto sul letto e comincio a singhiozzare come quando avevo cinque anni e mio fratello mi chiamava Pompieri per il suono da sirena che emettevo quando mi faceva piangere.

Prendo il cellulare dalla tasca e gli scrivo: "Se sei così cattivo è meglio se vai via subito, non posso sopportarlo, scusa" e lui risponde: "Va bene, dico ai ragazzi che devo tornare a Milano per lavoro".

Mi sento lacerare il petto come quando abbiamo litigato a gennaio e non mi ha parlato per mesi, né il giorno della prima né quando mi è venuta l'influenza e mi ha lasciato tre giorni da sola con quaranta di febbre uscendo di casa il venerdì mattina con un «Cresci e non piantar grane».

Ma in mezzo all'ondata di disperazione riesco a isolare un sentimento: la paura di stare peggio, se se ne andasse davvero. Nulla mi ferisce come l'abbandono: ho sempre avuto il terrore di essere lasciata.

Me ne ero resa conto durante quei tre giorni di febbre. Quando la dottoressa Parenti mi ha chiesto se ricordassi cosa mi aveva fatto soffrire nei mesi precedenti la scoperta del tumore, ho subito rievocato quell'influenza e il dolore al petto cupo e violento che avevo provato. Non riuscivo a credere che Shlomo potesse farmi quel che stava facendo. Ricordo di aver pensato alle frasi con cui si celebra il matrimonio, al condividere buona e cattiva sorte e rimanere uniti in salute e malattia. Una parte di me lo ammirava, per la sua capacità antiborghese di emanciparsi da ogni retorica, senso di colpa e ricatto morale. In fondo ero sopravvissuta a quell'influenza. Avevo preso la tachipirina e in due giorni la febbre si era abbassata. Non ero stata in punto di morte, ce la potevo fare da sola e ce l'avevo fatta. Un'altra parte ancora lo capiva ricordando quando da ragazzina mi ribellavo ai ricatti di mia madre e mi impuntavo nel fare esattamente quel che volevo anche se lei stava male, proprio per non dargliela vinta.

È una reazione adolescenziale, penso. Mi vive come una madre castrante.

Mentre piango sul letto penso affannosamente che non posso permettermi di stare di nuovo così male, non adesso. Mi umilio a scrivergli "Ti prego non andare, non adesso, sto troppo male", e lui risponde subito "Va bene".

Dopo qualche minuto vado a lavarmi la faccia stravolta. È ora di pranzo.

Scendo le scale. Lui sta disegnando, i ragazzi sono incollati ognuno al suo telefono.

«È spuntato il sole, andiamo a mangiare al Mountain Garden?» chiedo. Tutti si infilano le scarpe senza fiatare, e si dirigono al nostro vecchio Espace senza farsi chiamare tre volte come al solito. Hanno captato le tensioni nell'aria e sbirciato i miei occhi arrossati, nonostante gli occhiali neri e il cappellino da baseball che ho indossato.

Il Mountain Garden è un piccolo rifugio in mezzo al bosco, appena fuori dal paese, da quando ha cambiato gestione non ci siamo ancora tornati. Ci sediamo a un tavolo all'aperto, sul prato, sotto gli ombrelloni. I ristoranti nuovi ci mettono di buon umore e ognuno fa la sua ordinazione pieno di aspettative. Sono svuotata e sento il bisogno di un bicchiere di vino rosso. È dal giorno della chemioterapia che non tocco alcol, e non bevo mai vino rosso, ma sento la necessità di qualcosa di corroborante. Lo scolo in pochi sorsi, come fosse un cordiale, e comincio a rilassarmi.

I nostri piatti arrivano in fretta e mangiamo chiacchierando. Ognuno commenta la sua ordinazione. Non posso fare a meno di pensare a tutte le volte che per stemperare una tensione con Shlomo, proprio qui in montagna, mi sono preparata un gin tonic mentre cucinavo.

Dopo pranzo i ragazzi si mettono a giocare a pallavolo sul prato e Shlomo si sdraia sull'erba a prendere il sole. Il vino, il sole, la tensione della mattinata mi hanno fatto tornare il mal di testa e annuncio che andrò a casa a piedi attraverso il bosco, consapevole che nessuno si offrirà di accompagnarmi.

Lungo il sentiero, invece di farmi calmare dalla natura, rimugino sulle cose antipatiche che mi ha detto Shlomo. Me le ripeto fino a sentirmi traboccare di indignazione e malessere. Arrivo a casa sfinita e mi metto a letto, piombando in un torpore ovattato, dal quale mi riscuoto dopo un'ora con un mal di testa ancora più forte e un malumore opprimente. Sto toccando il fondo di questa giornata.

Proprio in quel momento chiama Teresa. Mi sfogo con lei. Mi raccomanda dolcemente di non lasciarmi ferire, di convincermi che le cattiverie che mi ha detto Shlomo sono frutto di sue debolezze e che non devo crederci e soffrirne.

Ascoltando la sua voce calda e affettuosa, comincio a sentire il bisogno di proteggermi, come dice lei, e di risalire a galla.

Cerco di pensare a cose belle, che mi diano conforto e, tra le immagini di Marco e Giò neonati e di me che nuoto tra i pesci nel blu, spunta a sorpresa il bel viso di Luca. Vado a cercare il cartoncino col suo numero di telefono e lo trovo nel portafoglio, dietro una fototessera di Marco. D'impulso gli scrivo: "Da zero a dieci, quanto ti fa schifo? A me nove. Lea V".

15

Luca è il ragazzo col quale ho condiviso la prima chemioterapia e la macchina del caschetto gelato per contenere la caduta
dei capelli. Mi aveva detto che nemmeno lui, come me, voleva provarla, ma il suo medico aveva insistito, come il mio.
Era solo, mentre io ero con Shlomo. Non aveva parlato
né con noi né coi medici, aveva quasi sempre letto, per tre
ore, *Il Regno* di Emmanuel Carrère.

Anche lui aveva rifiutato il Picc e anche lui non aveva voluto il cibo dell'ospedale, come me. Quando Shlomo era sceso al bar a mangiare un panino ed eravamo rimasti soli nella
stanzetta, aveva chiuso il libro e mi aveva fissata con un sorriso complice, come se fossimo due amanti che in pubblico
avevano finto di non conoscersi e non due malati con addosso
una ridicola cuffia di gomma collegati allo stesso macchinario.

«Ti piace *Il Regno*?» avevo chiesto.

«La prima metà sì, poi due palle» aveva risposto. «Io sono
Luca De Nullis, tu sei Lea Vincre, ho letto un tuo libro» aveva aggiunto.

«Ma dai. La prima metà ti è piaciuta poi due palle?» avevo chiesto.

«I tuoi libri sono tutto tranne che noiosi» aveva detto, con
un mezzo sorriso che mi era parso malizioso. Aveva degli
occhi etruschi, vivi e brillanti.

«Non so se sia un complimento, ma non voglio saperlo, De Nullis. Tu dove ce l'hai?» avevo chiesto. «E come ti chiami davvero?»

«Luca Picco, presente. Polmone sinistro, tolto un mese fa, sei cicli, tu?»

«Mammella destra e ghiandole ascellari, quattro cicli.»

Luca somigliava a uno dei tre moschettieri, quello coi riccioli biondi e la barbetta morbida. Portava orecchini da pirata a ogni lobo e aveva un anello tatuato all'anulare sinistro. Non dimostrava più di trent'anni. Era così bello che avevo pensato fosse gay. Non volevo chiedergli che lavoro faceva, ma l'aveva detto lui.

«Sono un morto di fame, insegno alle superiori, inglese.»

Anche a me veniva da parlargli in modo intimo e diretto, come se ci conoscessimo.

Quando Shlomo era tornato, Luca aveva ripreso a leggere e non mi aveva più rivolto la parola.

Ci avevano tolto la cuffia contemporaneamente, due ore dopo, con la raccomandazione di non usare il phon né shampoo aggressivi né tinture per capelli.

«Neanche i colpi di sole?» aveva chiesto Luca. L'infermiera l'aveva preso sul serio e gli aveva spiegato che no, tutto quello che poteva aggredire il capello andava evitato. Mentre l'infermiera pedante spiegava, lui mi aveva strizzato l'occhio. Andandosene mi aveva dato un cartoncino strappato dal suo segnalibro con scritto a penna un numero di cellulare. «Fammi sapere come stai» aveva detto.

Non avevo più pensato a lui, fino a oggi. Risponde subito al mio messaggio: "Sette più, ma bevo molta birra. Luca P". Sorrido.

Scendo in cucina e Shlomo, che avverte immediatamente quando non gli sono più nemmeno segretamente ostile, mi chiede cosa può cucinare per stasera e gli suggerisco un risotto con le verdure.

I ragazzi grandi sono fuori, Marco è incollato al telefono e gli propongo di andare a bere una cioccolata. Accetta subito. Camminiamo fino a un piccolo locale a poche strade da casa nostra, tenendoci sottobraccio. È in vena di confidenze, forse avverte che ne ho bisogno, e mi racconta le ultime novità sui litigi tra le sue amiche e i loro ragazzi. Pare che Monti abbia lasciato la Franci, o viceversa, non si capisce bene.

Al bar ordina la cioccolata con la panna, e io un tè nero, sperando che contribuisca a farmi passare il mal di testa.

Sono le sei e mezzo, e penso che se bevesse una cioccolata con Shlomo a quest'ora avrei da ridire. Forse sono davvero bisbetica come sostiene lui. Ma non per questo devo soffrirne, mi ha raccomandato Teresa. Il ruolo materno comporta l'essere normative, ha detto.

Torniamo a casa chiacchierando. Sono stanca ma contenta di questa uscita con Marco e del nuovo desiderio che provo di stare bene, di emergere dal buco nero dei tre giorni di lite con Shlomo e di tornare alla normalità. Devi pensare a te stessa, ha detto Teresa. Coccolati tu se non lo fanno loro. Fai le cose che ti piacciono.

Shlomo ha preparato un risotto ostentatamente insipido che mangio con educazione mentre i ragazzi lo condiscono con un'enormità di burro e parmigiano facendo smorfie, poi annuncio che voglio andare in piazza a sentire la conferenza di un alpinista americano di cui ho letto su un manifesto al bar. Shlomo rimane in silenzio, i ragazzi si guardano allarmati temendo gli chieda di accompagnarmi. Ognuno di loro ha già i suoi programmi per la serata.

«Tranquilli, vado da sola, non vi preoccupate» dico.

Mi copro bene con una pesante felpa foderata di pelo sintetico, metto gli scarponcini e inforco la mia bici da trekking che da quando siamo saliti in montagna, dieci giorni fa, non ho ancora usato.

Mentre pedalo lungo il fiume respirando l'aria fresca della sera sento che il mal di testa è sparito.

16

Arrivo in piazza alle nove in punto. Hanno sistemato diverse file di panche davanti al palco, su cui sono già pronti un grande telone bianco e due sedie di legno. Il manifesto annunciava la conferenza del "leggendario alpinista statunitense Steve House", che non ho mai sentito nominare. Ha il mento squadrato da americano, i capelli biondo lino e un sorriso simpatico sotto le labbra sottili. Racconta che è nato in un piccolo paese dell'Oregon e che ha sempre arrampicato, finché ha partecipato alla prima spedizione importante in Alaska, quando aveva diciannove anni ed era «l'ultimo della fila». Tutti ridono mentre indica il primo piano di un ragazzino coi dentoni, gli occhiali spessi e i brufoli da adolescente.

Poi comincia a descrivere l'ascensione sul Karakorum, dopo la quale, col suo amico e collega Vince Anderson, ha preparato per due anni la spedizione che lo avrebbe reso famoso: sul Nanga Pàrbat, nel Pakistan settentrionale, un'impresa che hanno completato in soli otto giorni.

Steve House è un sostenitore dello stile alpino, ascensioni senza portatori e ossigeno precedute da una lunga e rigorosa preparazione atletica e mentale, e mostra molte foto impressionanti di quella difficilissima e in alcuni momenti drammatica scalata, fino alla vetta, che hanno fissato in due scatti, uno a colori e l'altro in bianco e nero.

A colori si vede lui che solleva la piccozza. «Vince mi ha detto "Alzala più che puoi", e io ero così stravolto che sono riuscito ad alzarla solo di poche decine di centimetri. Ma la foto che secondo me racconta meglio quel momento non è la mia, è quella in bianco e nero che ho scattato io a Vince» dice mostrando un'immagine grigia in cui il suo compagno, inginocchiato e stravolto, la testa semicoperta dal cappuccio rivolta all'indietro, gli occhi chiusi e le braccia irrigidite lungo i fianchi, sembra sul punto di svenire. Quella foto non racconta la gioia della vetta ma la fatica, una fatica devastante e sovrumana.

«La cosa che mi sono chiesto per tanti mesi dopo quella spedizione è questa: cosa ti rimane, dopo che hai dato tutto?» dice, lasciandoci osservare a lungo la fotografia del compagno sul telone.

Penso subito a Shlomo. Io sento di avere dato tutto, in tanti anni con lui, e cosa mi è rimasto? A parte Marco, è una domanda della quale – se dovessimo lasciarci – non vorrei sapere la risposta. Non in questo momento.

Steve House parla ancora a lungo dei libri che ha scritto e delle sue altre imprese. Non si prende sul serio come certi alpinisti meno importanti di lui, non sembra un mistico né un visionario, ma una persona umile e aperta che ha fatto esperienze eccezionali e si è posta domande semplici.

La risposta che ha trovato, spiega, è che dopo aver dato tutto ha riportato con sé qualcosa che vuole condividere, e che anche se è un alpinista solitario gli altri per lui sono la cosa più importante.

Termina la conferenza proiettando una frase di Walter Bonatti: "Dietro la montagna c'è l'uomo", che lui ha trasformato in "Dietro la montagna ci siamo noi".

Me ne vado poco prima che cominci a firmare autografi. Mentre mi allontano faccio in tempo ad ascoltare ciò che dice alla bambina seduta in prima fila, che gli ha chiesto perché abbia deciso di fare l'alpinista. «Perché è la cosa che mi è sempre venuta più facile» risponde.

Recupero la bicicletta che avevo abbandonato sul prato e pedalo nella notte fredda, fino a casa, costeggiando il fiume.

Anche io sono solitaria ma ho bisogno di condividere quel che scrivo, e anche io lo faccio perché è la cosa che mi è sempre venuta più facile. Ripenso alla frase di Rilke che Steve House ha scelto per iniziare la proiezione: "Le nostre paure sono draghi a guardia dei nostri più profondi tesori", e mi chiedo quale sia la mia paura più grande.

Mi rispondo che non è la malattia, né la morte, ma è la paura di perdere l'amore.

Alzo lo sguardo al cielo. Finalmente, dopo tanti giorni di nuvole, questa notte si vedono le stelle.

17

Shlomo e i ragazzi sono partiti due ore fa e sono rimasta sola con Giò e il gatto Novembre. Giò è uscito e Novembre ha occupato il divano lasciato libero da Shlomo.

Sto bene, finalmente. Niente mal di testa, poco male ai denti, ho il palato e le gengive infiammati ma avere la testa libera e non provare nausea, o dolori tanto forti da dover prendere antidolorifici, è una sensazione impagabile. Fra tre giorni ho la prossima chemioterapia e voglio godermi ogni istante.

Shlomo e io abbiamo ricominciato a parlarci e a essere moderatamente gentili l'uno con l'altra, ma lui è rimasto distante fino al momento di partire. Fa così. Quando litighiamo ci mette un sacco di tempo a tornare. Non ho ancora capito, dopo tanti anni, se lo faccia per proteggersi o perché pensa che sia giusto, come se fosse un addestratore di cani e io l'animale da punire. So che adesso ha bisogno di stare lontano da me, per ritrovare un po' di fiducia in noi, sempre che da qualche parte ne abbia ancora.

Vado a fare la spesa nel negozietto all'angolo, che tiene un po' di tutto, dai giornali, alla legna, agli alimentari. Mentre torno a casa sento vibrare il cellulare nella tasca. Appoggio le borse sul marciapiede e guardo il messaggio sperando sia di Shlomo, invece è firmato Luca e dice: "Sono a un'ora da te, cosa fai stasera? Oggi ho cominciato a perdere i capelli, tu?".

Da quando l'altro giorno gli ho scritto ci siamo sentiti più volte, rimanendo anche mezz'ora a scherzare su WhatsApp. Luca è spiritoso, e stiamo facendo amicizia come due ragazzi. Tanto Shlomo in questi giorni è stato pesante e rancoroso tanto Luca è leggero e divertente. Stamattina gli ho chiesto se è fidanzato e lui ha risposto: "Con due".

Al mio "Che sanno uno dell'altro?" ha scritto: "Una sì, l'altra no. Sono fimmine".

Mi farebbe piacere rivedere Luca stasera: con Shlomo appena partito e Giò che dormirà fuori mi sento sola. Gli rispondo: "A me cadono come foglie secche. Copriti che qui fa freddo".

Da un paio di giorni trovo capelli ovunque: sul cuscino, nel letto, nel lavandino. Sul tavolo mentre mangio. Li osservo fluttuare come petali, una pioggia sottile di petali leggeri. Stamattina mi sono pettinata con le mani e me le sono ritrovate piene di ciuffi. Li ho appallottolati fino a formare un nido. Sono affascinata da questo fenomeno. Anche se me l'avevano detto e sapevo che sarebbe successo, la prima volta che accade è sorprendente. Mi ricorda la prima volta che ho sentito Giovanni muoversi dentro di me: una sensazione talmente inedita che non la riconosci, non sei sicura che sia quello che credi, anche se la stai aspettando, anche se sai che succederà. Quando ho sentito Giò, come un frullar d'ali dentro la pancia, ho pensato che forse era la digestione. Quando ho trovato i capelli nel letto e nel lavandino ho creduto fosse una caduta leggera, come quando me li lavo. Ne ho tantissimi, una massa crespa e rossastra, e ne ho sempre persi un sacco. Shlomo si lamentava continuamente di quanti ne trovava nella doccia.

Ma quando mi sono vista in mano quel nido soffice, ho capito. Mi avevano detto che con il casco di ghiaccio potevano caderne meno, ma non che non sarebbe successo. Alla fine dei cicli chissà come diventerò, a questa velocità. Dovrei tagliarmeli subito, sempre che non cadano del tutto. Ho provato ancora quella strana sensazione di quando ciò che ti pronosticano succede davvero, come i sintomi della sinusite durante il terzo sacchetto di chemioterapia, o la nausea: un misto di rassicurazione e orrore.

Luca arriva alle cinque del pomeriggio, al volante di una vecchia Citroën. Ha i capelli raccolti in una coda, non sembra li stia perdendo, ma nemmeno in me si nota ancora, se non mi si osserva da vicino. Appena sceso dalla macchina si stende sul dondolo, con un piede a terra per fermarlo, e io mi sdraio dalla parte opposta, con i piedi sotto il suo sedere.

Ci mettiamo a ridacchiare senza motivo, come due compagni di scuola che si ritrovano durante le vacanze.

«Guarda che c'è un errore su Wikipedia» dice.

«Eh?»

«Dicono che hai quarantanove anni. Non puoi averne più di trentacinque.»

«Eh, ce li ho davvero.»

«Non dire cazzate, con quelle lentiggini.»

«Ce li ho, ce li ho. E tu?»

«Trentadue, ma fai conto che siano duecento.»

«Come mai?»

«Romanzo di un giovane povero: genitori separati, figlio unico. Lavoro una merda e vita sentimentale peggio...»

«Sei giovane, passerà. I giovani fanno casini.»

«Tu infatti sei più casinista di me» risponde, facendomi il solletico tra le costole con le dita del piede.

Sembra che ci conosciamo da sempre. Insieme a Luca mi sento naturale e sicura di me come con Shlomo non è mai stato in quindici anni.

Rimaniamo sdraiati sul dondolo a parlare per due ore e Luca mi racconta tutta la sua vita fino al giorno in cui ha scoperto il tumore, tre mesi fa. Io gli parlo di Shlomo, dei nostri figli, dei miei libri, della fatica dei monologhi teatrali e di come il tumore al seno mi abbia sorpreso ma non angosciato, di come invece il malessere della chemioterapia mi abbia stravolta e fatta sentire prigioniera. Parliamo con leggerezza di cose pesanti, come se niente importasse tranne stare sdraiati su questo dondolo, ridendo e prendendoci in giro.

Ci tiriamo addosso la coperta che tengo ripiegata sulla spalliera, mentre dietro le montagne cala il sole e l'aria diventa fredda. Quando sento il campanile battere le sette mi alzo: «La legna!».

«Cosa?»

«Devo comprare la legna per il camino prima che chiuda, mi accompagni?»

«Prendiamo la macchina.»

«Ma è qui di fianco.»

«Così ne compriamo di più. La legna pesa.»

Ha ragione. I sacchi sono da quindici chili, ne prendiamo due. Nel negozio incontriamo Remo, il mio amico novantenne, che fissa Luca e chiede: «Chi è lui?».

«Un amico. Remo, Luca. Luca, Remo.»

Remo saluta serio e se ne va senza fermarsi a chiacchierare come invece fa di solito.

Luca carica la legna nel baule e una volta a casa la dispone di fianco al camino, poi lo accende con pochi gesti precisi, senza nemmeno usare la Diavolina.

«Hai fatto il boy scout?»

«Macché boy scout, ho i nonni contadini io, principessa.»

«Si vede dagli orecchini da tamarro» lo prendo in giro.

«I tamarri sono sexy» commenta, afferrandomi un polso e fingendo di torcerlo.

Comincio a divincolarmi, ridendo e guardandolo negli occhi con aria di sfida, fino a che con uno scatto avvicina il viso al mio e mi dà un bacio sulle labbra.

Non ci posso credere. Fino a tre ore fa ero sola e alle prese con un matrimonio in crisi e una brutta malattia, e improvvisamente sto flirtando con un ragazzo bellissimo col quale mi diverto un sacco.

«Sai quanti anni ho più di te?» dico.

«Sai quanto me ne frega?» risponde, prendendomi la mano e baciandomi il polso. «Non sarai di quelle che non si sono mai innamorate della persona sbagliata, vero?»

Le sue parole mi turbano, ma sono allegra come non mi sentivo da moltissimo tempo.

«Sono sposata, ho due figli, anzi tre, e potrei essere tua madre.»

«Sì, e non ci sono più le mezze stagioni e i negri hanno il ritmo nel sangue.»

«Ma cosa...»

Luca mi accarezza il viso e le labbra col dorso della mano. Poi mi tappa la bocca col palmo.

«Sei capace di stare zitta, qualche volta?»

Faccio no con la testa.

«Mi fermo a dormire qui?» chiede.

Faccio segno con la mano che se ne vada.

«Sei proprio sicura?»

Dico di sì alzando un pollice.

«Che noiosa sei. Guarda, solo perché ho la chemio domattina, se no col cavolo che me ne andavo.»

«La chemio domani? E parti adesso? Arriverai a mezzanotte, dove dormi?»

«In un albergo vicino all'ospedale.»

«Ma quindi non eri da queste parti per caso?»

«Abito a Torino. Sono sempre stato a un'ora da qui, mica solo oggi. Ma oggi avevo voglia di fare una cosa per me.»

«E quindi giovedì quando vado io tu non ci sarai?»

«No, ma vengo a trovarti quando vuoi.»

Mi sento viva, vigile, tutto sembra improvvisamente più reale che mai.

«Ti faccio un risotto prima che vai» gli propongo.

«Se non mangio è meglio, dammi un bacio invece.»

Sono emozionata. Gli poso un bacio sull'angolo della bocca.

«Sei proprio una bambina» dice, poi mi accarezza la guancia con le dita e va a grattare la testa a Novembre.

È partito da poco quando rientra Giò. Gli preparo la cena canticchiando una vecchia canzone di Lucio Battisti che chissà come mi è tornata in mente. «Eh no e no, non è questione di cellule, ma della scelta che si fa, la mia è di non vivere a metà.» Giò mi guarda incuriosito.

Le mie cellule impazzite. "Non vivere a metà. Io comunque io comunque vada." Dopo cena mi verso due dita di Genepy, e non faccio a Giovanni nessuna delle raccomandazioni che mi ero preparata per la sua serata fuori casa alla festa della birra. Mando a Shlomo un messaggio gentile e mi addormento pensando agli occhi color acquamarina di Luca.

18

Domani ho la seconda chemioterapia. Penso che dall'ultima, tre settimane fa, ho avuto forse quattro giorni buoni. Oggi mi sento come se fossi già rientrata in prigione: priva di energia e priva di speranza.

Shlomo è venuto a prendermi. È arrivato ieri sera, gentile ma sempre distante. Ieri ero di buon umore, oggi sto già come so che mi sentirò domani. Forse il mio fisico si prepara. Il mio cervello mi prepara. Ecco che torna la sensazione peggiore: la mancanza di futuro. Penso che quando tutto finirà mi riammalerò e morirò. Non sono angosciata e preoccupata, ma rassegnata e spenta.

L'unica cosa che riesco a fare è ascoltare Lucio Battisti e leggere morbosamente le cronache della sua vita e della sua morte. Aveva cinquantacinque anni. Una nefrite cronica aveva provocato un tumore ai reni che si era esteso al fegato e ai polmoni. "Il veliero va, e ti porta via." "Fatti un pianto." Mi sembra che tutte le sue canzoni parlino di me.

Saluto Giovanni e il gatto Novembre, che restano in montagna. Tornerò dopodomani, con un nuovo carico di veleno.

19

Mi trova la vena al terzo tentativo, dopo averne rotte due. Mi fa male. La dottoressa gentile dallo sguardo allucinato mi spiega che le mie vene sono piccole e sgusciano via. «Mi dispiace farle male. Dica al dottor Venturi, quello che gliel'ha messa l'altra volta, che è stato più bravo di me, gli farà piacere.» Una cosa che avrei potuto dire io. Questa donna sembra davvero mortificata e sfinita dalla sua impotenza. Enormi occhi azzurro cupo mi dicono "Io sono qui e faccio quello che posso ma al male non c'è rimedio".

È un'anestesista. La vice del medico che mi ha messo l'ago ed evitato il Picc la prima volta. Lui è in vacanza.

«Quindi ora ho io la responsabilità del reparto. E oggi opero fino a sera» mi dice. Sembra stanchissima e rassegnata: «Quando ci sono io va quasi sempre storto qualcosa».

Mi viene da consolarla: «La prima volta è più facile. Poi le vene si fanno furbe e scappano. Non si preoccupi per me».

Shlomo è andato a fare l'accettazione e quando torna mi trova con l'ago già infilato nella mano e le lacrime agli occhi. Quando restiamo soli piango. Per il dolore che ho provato e per i dolori che mi aspettano d'ora in poi a ogni prelievo. E dovrò farne per tutta la vita.

Dopo mezz'ora arriva Tagliavini, il primario. L'ho incontrato una volta sola, di solito ho a che fare con Azzurra, la sua vice. Non l'ho mai cercato perché è troppo sincero e preciso: mi deprime.

Dice che gli esami del sangue vanno bene, a parte l'emoglobina un po' bassa, e che quindi si può procedere con la terapia. Gli confesso che sono stata così male che fino a una settimana fa pensavo di non continuarla e lui risponde: «Ha ragione. Non ci sono evidenze che dicano se la chemioterapia serva o no. È solo un'assicurazione. Il suo poi è un tipo di tumore raro, non sappiamo cosa sia meglio fare, andiamo per tentativi».

«Molto rassicurante» commento.

Non credo colga l'ironia. Mi guarda come se gli stessi facendo un complimento.

«Ma visto come è stata male, le facciamo una terapia meno aggressiva del venticinque per cento. Poi giudicheremo di volta in volta se e come procedere.»

La voce si è addolcita ma i suoi ragionamenti razionali e onesti non mi confortano. Vorrei sentirmi dire che hanno la certezza che quel che faccio è utile. Che guarirò di sicuro.

Invece non sanno niente. Non sanno se la chemioterapia servirà. Non sanno se e quando mi ammalerò ancora. Vanno avanti per protocolli e statistiche. E sono i più bravi di tutti, in questo istituto.

Di conseguenza io non so quanto e come vivrò. Non so niente. Devo vivere alla giornata, fare i quattro cicli di chemioterapia («In altri istituti per un tumore come il suo ne avrebbero fatti otto») e incrociare le dita che non mi torni al pancreas, al fegato, al polmone, alle ossa o chissà dove.

La verità è un buco nero. Nessuna certezza, se non che sono ancora viva.

20

I capelli cadono a manciate. Faccio schifo. Ho la riga larga cinque centimetri e pochi capelli radi, spenti, come certe signore anziane malconce che incontri a far la spesa. Chissà cosa mi ero aspettata. Mi sento una stupida: sottovaluto cose importanti, ne sopravvaluto altre che si rivelano irrilevanti. Non ero preparata al disgusto che provo guardandomi allo specchio. Mi sono raccontata tutta la vita di essere un'audace, di non aver paura di niente, invece sono come tutti gli altri. Peggio degli altri. Mi vergogno a farmi vedere dai ragazzi, non voglio intristirli. I giovani non hanno gli anticorpi per lo squallore. Chissà cosa pensavo: che mi sarei rasata i capelli come Sinéad O'Connor o Demi Moore in *Soldato Jane* e sarei stata altrettanto affascinante? Qui c'è poco da rasare: sono spiumata e faccio impressione. Non c'è niente di eroico nella chemioterapia. Solo nausea, miseria, fragilità e veleno.

Ho scoperto di essere debole a quarantanove anni. Altro che guerriera, sono una vigliacca. Non voglio soffrire, non voglio combattere. Per consolarmi penso alla Svizzera e all'eutanasia. Se il tumore torna io mi faccio fuori, me ne vado. Non ci rimetto piede in ospedale, fuggo, taglio la corda. Penso a quando nei miei romanzi scrivevo delle malattie come fossero prove, opportunità, addirittura momenti di rigenerazione. Certo, fino a che riguardano dei personaggi. Il dolore fisico fa schifo. Penso che mi facevo le iniezioni di antibiotico da sola e prendevo in giro quelli che hanno paura degli aghi: ora solo a vedere una scena di ospedale in televisione mi viene la nausea. E ho il terrore della nausea. Non voglio parlare della malattia, di come sto, di medici e cure. Non voglio ricordare i prelievi e le infusioni. Non posso, mi viene da vomitare, come se mi avessero torturata.

Credevo di essere coraggiosa: non lo sono. Sono solo un animale ferito che ha paura.

21

Il secondo ciclo di infusioni, a parte la difficoltà a trovare le vene, è andato meglio del primo. Le mie proteste hanno convinto l'algido Tagliavini a somministrarmi meno ciclofosfamide e non ho quasi avuto fastidi, a parte una nausea sopportabile per i primi quattro giorni e la spiacevole sensazione del cortisone in corpo che mi dilata i vasi sanguigni e non mi fa dormire, oltre alla pipì rossa come l'epirubicina che mi hanno iniettato, a ricordarmi la schifezza che mi circola dentro.

Sono solo stanca, di una stanchezza meccanica e innaturale, come se il motore della macchina che mi tiene in vita fosse ingolfato.

Con Shlomo siamo tornati in montagna per il fine settimana, noi due soli. Marco è sempre al mare con Sin, Giovanni ha dichiarato che non intende più muoversi da Milano fino all'inizio della scuola. Tra due settimane ricominciano le lezioni e ha un intenso programma di uscite serali prima di riprendere i ritmi scolastici. Quest'anno ha la maturità, e sarà costretto a studiare.

Dopo un intero pomeriggio passato io sul dondolo che non dondola e lui sul divano, a leggere e a dormire, Shlomo mi si è avvicinato con un sorriso sornione e ha chiesto: «Come ti trovi? Non è male no?».

Intendeva dire: "Non è male non far niente vero? Convieni che il mio abituale stile di vita sia più piacevole del tuo?".

Doveva venirmi il cancro perché avessi le sue stesse energie, ma almeno non litighiamo perché io vorrei andare a camminare in montagna e lui no.

L'ho pensato anche altre volte, stavolta gliel'ho detto, sorridendo, e lui è sembrato quasi compiaciuto.

Sedata dai veleni, senza forze sufficienti per prendere iniziative o affrontare discussioni, sono un po' più simile alla donna che Shlomo vorrebbe accanto: una che non chiede, non propone e non ha aspettative. Una che si fa gli affari suoi, con la quale andare a bere un caffè dopo cena al baretto in fondo alla strada o a mangiare un panino tra una mattinata al computer e un pomeriggio sul divano.

Siamo stati bene in questi giorni in montagna senza figli, senza grandi emozioni e senza litigi. Abbiamo terminato di guardare una serie televisiva americana, pranzato fuori, visto metà della *Dolce vita* in televisione. Shlomo ha affermato di trovarlo noiosissimo.

Sono stata molto tempo sul dondolo che non dondola a leggere o dormicchiare e per il resto ho mangiato, perché mangiare mi fa passare la nausea. In segno di riconciliazione Shlomo ha cucinato due volte il risotto: una volta bianco perché gli avevo detto che c'era una scorta di zafferano e invece era finita, e una volta con zucchine e patate. Ha tentato di rifilarmelo anche con la salsiccia, ma mi sono soavemente sottratta, senza fargli paternali.

Abbiamo fatto l'amore, una mattina. Ho preso l'iniziativa io e lui era pronto, come sempre, e come sempre è stato bello: l'unica intesa che ci viene naturale, senza fare fatica.

Lunedì dobbiamo tornare a casa: lui ricomincia a lavorare e qui in montagna è prevista un'altra settimana di temporali. Io non mi sento pronta per la città. Ho ancora bisogno di stare in mezzo alla natura e ho una gran voglia di sole perché qui ha piovuto quasi tutto il mese.

Mi viene in mente che potrei raggiungere Marco e Sin in Liguria, ma non so se me la sento di viaggiare da sola. È da quando mi hanno trovato il tumore che non lo faccio. Ora poi, costretta a nascondere il cranio pelato, mi sento più insicura che mai.

Chiamo Marco e Sin per tastare il terreno ed entrambi mi dicono che nel loro bilocale sul mare c'è posto anche per me. Marco sembra contento all'idea che io vada, al punto che mi viene il sospetto che non stia bene con la zia.

Sin vive sola da troppo tempo, e ultimamente è diventata dipendente dalle sue abitudini: legge tutto il giorno, non parla quasi mai e al mattino ha un lungo rito di preparazione alla giornata. Appena sveglia fa mezz'ora di yoga, poi una lunga e lenta colazione a base di tè verde e una grande tazza di yogurt, muesli, frutta e miele che assapora a occhi socchiusi, in silenzio, concentrata come se stesse celebrando una messa, poi esce per una lunga camminata, con qualunque tempo faccia. Si alza molte ore prima di Marco, che la raggiunge in spiaggia a mezzogiorno con le cispe negli occhi, senza aver fatto colazione. Sin non me l'ha detto ma so che fa così, lo faceva anche con me, ma io almeno lo costringevo a pettinarsi, lavarsi la faccia e mangiare un po' di frutta, mentre Sin si guarda bene dal dargli la minima regola, come fa suo fratello Shlomo. Cosa avranno quei due contro le regole? Il loro padre non gliene ha mai date, anche perché non c'era. La madre – morta otto anni fa, senza disturbare, così come aveva vissuto – nemmeno.

Shlomo non la vedeva quasi mai. Margaretha è sempre rimasta nel moshav, in Israele, nel culto dell'uomo che l'aveva lasciata per andare a fotografare la condizione delle donne africane e non era più tornato. Da quello che mi ha raccontato Sin, Margaretha era una donna appassionata solo delle sue regole semiortodosse. Con loro invece non era normativa, anzi, li lasciava fare tutto quel che volevano, purché non la distraessero dalle sue preghiere: «Tutto quel che faceva era pregare, mangiare i suoi intrugli e leggere. Non aveva amiche. Parlava solo con Willy, te lo ricordi il botolo? Di una bruttezza da non credersi. Ma gli voleva più bene che a me».

Willy era bruttissimo in effetti, anzi bruttissima, perché nonostante il nome era una femmina. Una cagna gialla, a pelo corto, bastarda, grassa, con la testa piccola e i denti in fuori. Non avevo mai visto un cane coi denti in fuori prima di Willy. Ho incontrato la madre di Shlomo poche volte perché lui diceva che preferiva non essere distolta dalle sue cose. Anche Franz vedeva pochissimo la nonna. Margaretha non parlava inglese, quindi non era stato facile comunicare nelle rare occasioni in cui ci eravamo viste, ma ci eravamo intese sul cibo: gli intrugli citati da Sin si erano rivelati profumate zuppe di cereali, legumi e verdure del suo orto che avevo lodato e sorbito di gusto. Margaretha portava occhiali, scarpe da suora e capelli grigi con una buffa frangetta da paggio rinascimentale. Sembrava impossibile che fosse stata bella, eppure le rare foto di lei giovane mostravano una ragazza con gli zigomi alla Ingrid Bergman sorridente e abbracciata a un Ben brutto ma già carismatico, con la camicia aperta sul petto, i piedi nudi e il sorriso guascone. Quanto può far appassire la mancanza d'amore: Margaretha aveva la pelle trasparente e un odore stantio da vecchia già a sessant'anni. Quando le avevamo portato Marco neonato – lei non era venuta a Milano a vederlo – l'aveva osservato cercando somiglianze con Ben che non aveva trovato, e da quel momento aveva perso ogni interesse per lui. La sua casa era tappezzata dalle foto africane del padre dei suoi figli, che non si era mai occupato di loro eppure tutti e tre adoravano.

Sin ha due anni più di Shlomo e non ha avuto figli. Fa la fisioterapista, è gentile e un po' tetra. Alta e bionda, ha i muscoli lunghi e definiti e gli occhi azzurri come Margaretha, mentre Shlomo li ha di uno strano color topazio, come Ben. Passa molto tempo da sola ma d'estate fa lunghe vacanze in Vietnam, nelle Filippine o nel Laos delle quali non racconta niente. È una brava zia: Franz a Berlino può contare su di lei. Quando Marco era piccolo, se avevamo delle emergenze a volte veniva fin da lassù per aiutarci. Stravede per Shlomo ed è molto affezionata a me.

Due anni fa si è innamorata di Andrea, una sua paziente. Anche Andrea si è innamorata e le ha proposto di vivere insieme, ma Sin non ha voluto. Sono gelose l'una dell'altra e litigano spesso, si lasciano e si riprendono. Andrea è molto bella. Sono venute a trovarci al mare lo scorso giugno, Andrea in costume da bagno era uno spettacolo. È anche simpatica, vitale, affettuosa. Ho chiesto a Sin perché non volesse vivere con lei e mi ha risposto: «L'unico modo per non soffrire è non affezionarsi troppo a nessuno. Lo vedi come è straordinaria Andrea, devo tenerla sulle spine per non rimetterci le penne». Aveva detto proprio così: "Le penne", come Paperino.

Tra mille dubbi, compro il biglietto del treno per Finale Ligure e parto perché dopo ventiquattr'ore a Milano sono già depressa. Ho capito che questa malattia e la città sono incompatibili. Finché posso, è meglio che stia lontana da casa e dall'indifferenza di Shlomo e dei ragazzi, che temo mi ignorino del tutto, una volta rientrati nella routine cittadina e scolastica, salvo nel dare per scontata ogni attenzione alle loro esigenze. E poi in montagna o al mare fasce e cappelli non sono strani come in città, non li nota nessuno. Forse è solo l'ennesima reazione ansiosa al cambiamento, ma non sopporto l'idea di tornare alla normalità.

Porto con me solo una borsa con due costumi, tre magliette, un paio di calzoncini corti e le ciabatte di gomma. Gli unici pantaloni lunghi li ho addosso, tanto rimango poco: sabato mattina ripartiamo tutti insieme. Sin si fermerà da noi una sera e poi ripartirà per Berlino. Ho chiesto a Marco di restare qualche giorno in più al mare con me ma si è rifiutato: ha i suoi amici da vedere prima di iniziare la scuola, i compiti da finire. È testardo come me e non provo nemmeno a insistere.

In stazione mi viene a prendere Gaspare, il libraio che ci ha prestato l'appartamento dove stanno Marco e Sin, vicino alla spiaggia di Varigotti, il paese che Shlomo e io abbiamo eletto a nostro mare nella prima vacanza insieme. La casa che affittiamo ogni estate era già occupata, e Gaspare si è offerto di prestarci la sua, un appartamento di due stanze e cucina in cima a una piccola altura. Gaspare si fa promotore di iniziative meritorie e donchisciottesche come portare scrittori in piccoli paesi che non hanno neanche una libreria. Da quando l'ho conosciuto mi ha coinvolto in attività surreali, divertenti e affettuose in ogni parte della Liguria, e siamo diventati amici.

Ho in testa una fascia legata come un turbante: Gaspare non chiede niente, io non dico niente. Ho raccontato del tumore solo agli amici più stretti, e nemmeno a tutti, seguendo un criterio istintivo e casuale. A un paio l'ho detto solo perché si erano fatti vivi proprio nei giorni dell'operazione: alla domanda "Come stai?" arrivata sul cellulare mentre giacevo nel letto d'ospedale, trafitta dai drenaggi, non avrei potuto rispondere "Bene, e tu?" senza creare un precedente di menzogna.

Il giorno prima di entrare in ospedale avevo un appuntamento a colazione, fissato da settimane, con una conoscente. Ero stata tentata di disdirlo, poi avevo pensato che non c'era motivo di farlo. Ci eravamo incontrate sul terrazzo di un ristorante con vista sui nuovi grattacieli di Milano, avevamo ordinato pesce azzurro e ci eravamo tuffate in una conversazione fittissima e spontanea che ben presto dal lavoro era passata alla sfera personale. Lei era un magistrato, molto impegnata nel sociale, e voleva una mano per un'iniziativa sui giovani e la lettura che le stava a cuore. Le avevo dato il mio parere, indicandole le parti noiose che avrei tolto dal suo progetto. Era sembrata piacevolmente stupita dalla mia sincerità – in fondo non ci eravamo mai viste da sole prima di quel giorno – e aveva ricambiato raccontandomi che si stava separando dal marito, una separazione tormentata e aggravata dal fatto che lui era un politico caduto in disgrazia e lei si sentiva in colpa a lasciarlo, anche se non lo amava più. Mi aveva detto – e gli occhi improvvisamente velati di lacrime mi avevano fatto capire quanto quel sentimento fosse centrale nella sua esistenza – che da quando era ragazza era dedita alle cause perse, e che ora che aveva superato i cinquant'anni sentiva di meritarsi un po' di leggerezza, ma che faceva fatica a smettere di anteporre il dovere a tutto il resto. Era una bella donna, con un gran seno e le gambe lunghe e sottili, vestita goffamente con un completo pantalone antiquato che la invecchiava, dei brutti occhiali da vista, una collana banale. Mentre fantasticavo su quanto sarebbe stata carina vestita in un altro modo mi era venuto naturale raccontarle che cosa mi aspettava il giorno dopo, a sostegno della tesi che non bisogna indugiare sui progetti di felicità, perché non è garantito che avremo il tempo di realizzarli. Era rimasta molto colpita che avessi deciso di incontrarla nonostante quello che avrei dovuto affrontare di lì a diciotto ore. Ci eravamo attardate a chiacchierare fino a che eravamo rimaste sole sulla terrazza, coi camerieri che ci giravano attorno sparecchiando i tavoli.

Ci eravamo sedute da sconosciute e ci siamo alzate intime, complici e solidali.

Da allora ci siamo sentite spesso, per aggiornarci sui rispettivi percorsi: il mio post-operatorio e chemioterapico, il suo legale e sentimentale.

Nell'ultimo messaggio mi ha scritto che il marito era uscito di casa "con molta dignità" e che lei era "molto triste ma anche insanamente eccitata".

"Vogliti bene" le ho scritto, "del doman non c'è certezza", e lei mi ha risposto col disegnino del pollice alzato.

Mi accadeva quindi di condividere la mia condizione di malata con una persona sconosciuta fino a poco prima molto più che con amici di una vita, solo perché non si erano trovati nei dintorni.

Non è una cosa che si può dire in una mail, o in un sms, quella che mi è successa, e non me la sento di telefonare o proporre incontri: meglio rimandare alla prima occasione, anche se ormai, dopo tre mesi, alla soglia della terza chemioterapia e ormai senza capelli, la rivelazione potrebbe lasciare qualcuno senza parole.

22

La protesi di silicone è dura come un pallone troppo gonfio, il seno operato è due centimetri più alto dell'altro e attraversato da una cicatrice che dal capezzolo s'infila nell'ascella. In testa mi sono rimasti pochissimi capelli radi, sottili e spenti, e se non voglio suscitare curiosità e commiserazione devo nascondere il cranio pelato sotto cappelli e turbanti. I segni dei drenaggi, sulle costole, sembrano bottoni cuciti in un divano capitonné. Forse da qualche parte dentro di me ci sono cellule che si stanno dividendo provocando nuove metastasi. Ma sono io: non ho dolori, sono vigile, contenta e anche un po' commossa da questo pomeriggio sulla spiaggia.

Il sole di settembre scalda l'aria trasparente e chiara, il vento soffia piano; il mare, verde a riva e blu all'orizzonte, oggi si è calmato, ma un'onda spumosa si frange a pochi metri da me. Alle mie spalle il cielo è incorniciato da piccole nuvole appoggiate sul profilo delle prime alture. Le rocce grigie, ai lati della baia, spiccano luminose tra l'azzurro del cielo e il blu del mare.

Cosa vorrei essere, se dovessi scegliere di far parte di tutto questo? Mare, cielo, sabbia, rocce o piante? Il mare che cambia ogni giorno o le rocce che non cambiano mai?

Forse vorrei essere una nuvola, esistere solo per un istante.

Siamo animali fin troppo longevi: sarebbe bello ora addormentarsi per sempre, cullata dal ritmo della risacca e scaldata dal sole.

Invece mi addormento per pochi secondi. Mi sveglio con un altro pensiero: a cosa non potrei rinunciare tra il rumore delle onde, il calore del sole, la carezza del vento? Cosa è indispensabile per fare di questa giornata di settembre la giornata gloriosa che è?

Probabilmente è la luce a essere imprescindibile ancor più del suono ritmico delle onde o dello spirare del vento. È sempre la luce a fare la differenza.

Da quasi una settimana sono sola. Non sono riuscita a partire con Marco e Sin: non mi sento pronta per riprendere la vita cittadina. Gaspare mi ha detto di tenere la casa quanto voglio e ho deciso di restare anche senza di loro. Dopo i primi tre giorni euforici nei quali ho fatto la spesa, portato il motorino dal meccanico, riordinato e abbellito la casa di Gaspare nella quale Sin aveva ricreato l'atmosfera austera del suo appartamento di Berlino, oggi per la prima volta mi sono svegliata di cattivo umore. Sono fatta per gli inizi, i cambiamenti, non per la routine, e questa estemporanea vacanza al mare non è già più un'avventura.

Mi sono scrollata di dosso il malumore, provocato in gran parte da una sgradevole telefonata con Shlomo prima di dormire – come al solito una discussione sui figli – e ho deciso di andare in motorino nel paese vicino, Finale, a comprare nuovi asciugamani e tappetini per il bagno di Gaspare. Nel negozio ho incontrato Elisabetta, una ragazza che aveva fatto da babysitter a Marco quando era piccolo. Mi sono ricordata il suo nome solo dopo un po' che stavamo parlando. Sapevo che mi stava simpatica e che Marco le era affezionato, ricordavo addirittura i suoi genitori, ma non come si chiamava. Elisabetta mi ha salutato con grande calore e invitato a bere un caffè al bar vicino. Mi è sembrata più bella di come la ricordavo, coi capelli neri, lunghi e lucidi raccolti sulla testa in un grande chignon e una pelle liscia, ambrata, senza un difetto. Era ingrassata, ma in modo armonico e femminile. Sembrava una giovane matrona. Al momento di pagare la barista ha detto «Già fatto» e lei si è girata lentamente verso un trentenne stempiato e sorridente dicendogli con un battito di ciglia: «Non dovevi, Beppe».

Uscendo mi ha spiegato che Giuseppe era stato suo compagno alle scuole medie e che anche allora le offriva sempre la merenda.

Le ho domandato dove potevo comprare dei calzoncini – portavo lo stesso paio da una settimana – e mi ha accompagnato nel negozio di una sua amica che mi ha venduto dei bellissimi bermuda blu da barca a un prezzo stracciato. Riaccompagnandomi al motorino, Elisabetta mi ha raccontato della sua relazione con un ragazzo di Genova, finita male, e ci siamo attardate a parlare di come sono fatti gli uomini.

«Perché non ti metti con Beppe?» le avevo chiesto. Lei aveva scosso la testa e alzato le spalle.

Sono tornata a casa di buon umore, come sempre quando parlo in modo intimo con qualcuno, ho lavorato per tre ore e poi sono venuta in spiaggia.

Vado al baretto di Sandro per mangiare qualcosa prima di rientrare a casa. Non vorrei bere, da quando sono qui ho bevuto vino ogni sera, ma Sandro mi porta un cestino di focaccia che non posso non accompagnare con una birra. Vedo tramonti magnifici e diversi ogni giorno: ora il mare sembra mercurio luccicante e il cielo è dipinto di arabeschi arancioni. La spiaggia si è svuotata, tranne per un pescatore seduto a riva e una barca a vela ancorata in rada. Il baretto è deserto, e Sandro mentre riordina per la chiusura continua a portarmi sfizi da assaggiare: un fico d'India pelato, delle olive taggiasche, un goccio di vino gelato.

Finisco per mangiare e bere troppo anche stasera, ma entro in uno stato di benessere gradevole e rassicurante.

Mando a Luca, che sento ogni giorno, una foto del tramonto. Lui mi risponde subito: "Mantienilo così fin quando arrivo".

Shlomo e i ragazzi non rispondono mai, quando mando fotografie.

Voglio rincasare prima che sia troppo buio perché ieri un grosso cinghiale nero mi ha tagliato la strada e mi sono spaventata: ho pensato che se fossi caduta in motorino non avrei saputo a chi chiedere aiuto. In realtà avrei un sacco di persone a cui ricorrere per un'emergenza: da Sandro, a Elisabetta, a Gaspare, fino ai ragazzi bengalesi e senegalesi che vendono vestiti e gioielli sulla spiaggia. Alcuni di loro la sera dormono in una casa non distante da qui, e sono sempre gentili con me. Compro qualcosa a tutti, per contribuire agli affari, e loro mi offrono il tè, chiedono notizie di Shlomo e dei ragazzi e si preoccupano quando non mi vedono in spiaggia. Uno di loro, Sami, mi ha domandato se sto bene e come mai porto sempre il cappello: è troppo educato per insistere ma ho l'impressione che abbia capito perché ogni giorno vuole farmi un regalo, una volta un anello, l'altra una lunga collana di perline colorate. Mi racconta di sua moglie e dei suoi figli, raccomanda di non lavorare troppo e conclude ogni discorso con un "Inshallah".

Imbocco il breve rettilineo in salita che porta alla casa di Gaspare ed ecco che sbuca il cinghiale, ma è solo un piccolo cinghialetto di pochi mesi, col manto grigio a chiazze nere come quello di Tom, un cane da caccia che conoscevo da bambina. Lo segue la mamma, un cinghiale marroncino di piccola taglia.

Sfanalo a mamma e figlio cinghiali per salutarli e in risposta arriva un grugnito educato. Quando sei gentile col mondo, il mondo è gentile con te.

Mentre parcheggio il motorino sento vibrare il telefono per un messaggio in arrivo. A quest'ora possono essere solo Shlomo o Luca. Aspetto di essere in casa per leggerlo.

"Dormi che domani guardiamo il tramonto insieme." Allora Luca non scherzava. Mi sento improvvisamente felice, e vado a dormire pensando a lui.

Shlomo stasera non chiama.

23

Ho passato l'aspirapolvere su tutti i pavimenti, lavato i piatti, lustrato il bagno e la cucina, cambiato le lenzuola del piccolo letto matrimoniale dove dormo e a quelli singoli della cameretta. È bello aspettare un uomo.

Non voglio dormire con Luca, ma mi sento come se attendessi un amante.

A pranzo da Sandro, sulla spiaggia, ordino polipo con patate e scarto istintivamente l'aglio, anche se non ho intenzione di baciarlo.

Se bacio un uomo ci faccio l'amore, scriveva Marina Cvetaeva: «Se ci si bacia, con quale pretesto non andare oltre? Buonsenso? – Una bassezza! Mi disprezzerei. Poi lo ami di meno? Non si sa, forse di meno, forse di più. Fedeltà? – Allora non baciare».

Non voglio tradire Shlomo, anche se lo meriterebbe. Ma non me lo merito io. Gli ho raccontato della visita in montagna di Luca e della nostra amicizia nascente: non gli ho detto che mi corteggia, ma lo ha capito lo stesso.

«Luca chi, il ragazzotto con gli orecchini?» ha tagliato corto.

«Insegna in un liceo, ha trentadue anni ed è molto intelligente» ho risposto. «Ah, be', allora» ha commentato, senza chiedere di più. Soltanto una sera, intuendo che ci stavamo scrivendo su WhatsApp, ha fatto un gesto con la mano e borbottato «Ancora 'sto Luca?». So come la pensa. Posso fare quello che voglio, tranne tradirlo. Stavolta ho deciso di non dirgli della visita di Luca. Io e Shlomo siamo distanti da troppe settimane e non voglio che questo incontro assuma un significato che non ha. A differenza di quanto è accaduto in passato le rare volte che ho flirtato con qualcuno senza dirglielo, ora non mi sento in colpa. Non so se è per la naturale intimità che c'è tra me e Luca, come se fossimo parenti, o perché la malattia mi ha dato un credito di felicità e divertimento che in passato non mi sono concessa.

Vado a fare il bagno e mi sdraio ad asciugare al sole. C'è poca gente ormai, ma non mi tolgo la fascia a righe che porto legata attorno alla testa neanche in acqua.

Leggo un libro di McEwan che ho trovato in casa di Gaspare: chissà come mai avevo letto tutti i suoi romanzi e non *Sabato*. Forse mi aspettava qui, a casa di Gaspare, da anni.

All'inizio di *Sabato* devo superare il fastidio per le descrizioni ospedaliere: il protagonista è un neurochirurgo. Poi devo vincere la gelosia per la perfezione del suo matrimonio e cercare di non confrontarlo con il mio. Ma nel giro di trenta pagine sono dentro fino al collo alla storia del maledetto sabato di Henry Perowne. Leggo fino alle sei del pomeriggio, riparandomi col libro dal sole obliquo che mi ferisce gli occhi, poi vado a casa a prepararmi all'incontro con Luca.

Faccio una doccia per togliermi il sale di dosso e lavo i miei quattro capelli con uno shampoo delicato. Mi spalmo la crema idratante su tutto il corpo, infilo i calzoncini nuovi, una t-shirt rossa scollata, tutte le collane indiane che mi ha regalato Sami e un cappello a visiera anni Settanta, alla John Lennon, poi scendo al baretto sulla spiaggia. Ho scritto a Luca con precisione ossessiva tutte le indicazioni per arrivare e ora sono agitata all'idea di incontrarlo. Sono due settimane che non ci vediamo, ma ci sentiamo infinite volte al giorno.

Tre giorni fa mi ha scritto di avermi sognata per due notti di seguito.

Al mio "Cosa hai sognato?" ha risposto laconicamente "Cose da maschi" e io ho cambiato discorso.

Controllo il telefono in continuazione. Mi aggiro annusando i gigli di mare che a quest'ora hanno un profumo sublime. Luca compare venti minuti prima del tramonto. Ha la fronte nascosta da una coppola di cotone a quadrettini e non ha più la barba, ma ha sempre gli anelli da pirata alle orecchie. Porta dei bermuda larghi coi tasconi, che gli arrivano al ginocchio, e una camicia spiegazzata. È dimagrito, è pallido, ha un libro in mano, è ancora più bello di come lo ricordavo. La cameriera del baretto lo squadra e poi mi guarda con aria di approvazione.

Gli vado incontro sorridendo. Ci diamo un bacio sulle guance e le visiere dei nostri cappelli si scontrano. Cominciamo subito a ridacchiare. Ci sediamo a un tavolino di fronte al tramonto, Luca ordina una birra, io uno spritz. Non bevo mai spritz, ma ho voglia di qualcosa di fresco, dolce e colorato.

«Com'è andato il viaggio?» chiedo.

«Bene. C'era una luce bellissima. Che bella la Liguria. Non ci vengo mai» risponde pizzicandomi la coscia sopra il ginocchio. C'è una corrente di allegria e complicità tra di noi, ancor più di persona che quando ci scriviamo.

«E come mai?» dico imitando l'accento di qui.

«Te l'ho detto che sono povero. Ti toccherà ospitarmi a dormire. Ho costretto un mio studente a prestarmi la macchina: il mio budget copre solo la benzina e la cena, sappilo.»

«Ti metto nel lettino dei bambini» rispondo, restituendogli il pizzicotto sul braccio.

«Vedremo. Come stai?» Mi prende la mano destra e mi guarda il palmo come se volesse controllare qualcosa.

«Bene, a parte i capelli. Tu?»

«I capelli li ho tagliati corti. Ma i globuli bianchi sono troppo bassi per fare la prossima chemio. Quindi benissimo.»

«Quando hai fatto le analisi?»

«Ieri.»

«Ieri? Io lunedì.»

«Lo so, per quello sono venuto prima» risponde.

«Non ho capito se sei un seduttore seriale o hai una perversione per le carampane.»

«Non rompere le palle» dice sorridendo.

«Ma non ti fa male viaggiare coi globuli bassi? E se ti prendi un'infezione?»

«Non sono così sotto i tacchi. Sono solo troppo pochi per affrontare la chemio.»

«C'era l'infermieraccio o Sabry?» Sabry è una giovane infermiera siciliana, scheletrica, tutta occhi, un personaggio tragicomico che fallisce i prelievi e dimentica di dare l'antiemetico, ma ce la mette tutta, e l'abbiamo eletta nostra beniamina.

«Sabry.»

«Ti hanno sforacchiato tanto?»

«Al terzo tentativo hanno detto che dovevano mettermi il Picc.»

«E tu?»

«Gli ho detto di andare a farsi fottere. Allora ci hanno riprovato e ne hanno trovata una decente sulla mano.»

«E dopo tutti quegli sforacchiamenti è risultato che non potevi fare l'infusione?»

«Eh sì.»

«Ma cazzo.»

«Ma cazzo niente, sono qui. Ecco che tramonta.»

Gli ultimi raggi di sole si stingono nel profilo viola delle alture, il mare luccica come acciaio. La spiaggia si è svuotata e al baretto siamo rimasti noi due e Sandro, che lava i bicchieri e ascolta per la decima volta di seguito un disco di Paolo Fresu. Il profumo penetrante dei gigli di mare ci avvolge. Avevo dimenticato l'odore delle sere di settembre nelle giornate senza vento. Ora capisco cosa mi ha portato qui, cosa non mi ha lasciato tornare in città. La promessa, o il ricordo, di questo profumo.

«Hai fame?» chiedo.

«Sì» risponde, risalendo con l'indice e l'anulare destro il mio braccio, dalla mano fino alla spalla. Sembra che non riusciamo a non toccarci, anche se in modo scherzoso.

«Pesce o carne?» chiedo.

«Carne tua» risponde portando la mia mano alla bocca e cercando di mordermi il polso.

«La pianti, maniaco?»

Ci viene da ridere, da stuzzicarci e da toccarci. Ma in modo leggero, sereno, un po' stupido, privo di tensione.

«Ti ho portato un regalo» dice porgendomi un sottile libro bianco. Riconosco la collana di poesia Einaudi, la Bianca. È un libro di Pedro Salinas, un poeta che non ho mai letto, intitolato *La voce a te dovuta*.

Leggo ad alta voce l'inizio della poesia stampata in copertina: «E sto abbracciato a te\senza chiederti nulla, per timore\che non sia vero\che tu vivi e mi ami». Poi commento: «Roba forte».

Ci guardiamo per qualche secondo con gli occhi che sorridono. Luca dice: «Andiamo a mangiare, cretina».

24

Siamo venuti a Finale Ligure con la macchina di Luca, la vecchia Citroën che sostiene di aver estorto al suo allievo. Ho deciso per il ristorante dove ho mangiato il miglior pesce da queste parti, anche se è di una tale bruttezza che Shlomo si è sempre rifiutato di metterci piede. È infossato in un vicolo, illuminato da luci al neon, coi tavoli coperti da tovaglie pretenziose di finto damasco e bouquet di fiori di plastica impolverati. Le sedie sono di finta pelle e i muri dipinti di un verde bilioso, un frigorifero con l'acqua e le bibite ronza rumorosamente, ma si mangia un pesce freschissimo. Lo chef è di Spotorno e non fa che decantare la bellezza del suo paese. È uno di quei sessantenni rossicci, segnati dalla tavola e dal vino, con gambe magre, spalle larghe e pancia da bevitore. Si intuisce che cucinare è per lui una gran passione e che si piace: dopo ogni frase tace e lancia sguardi intorno come se aspettasse l'applauso del suo pubblico.

Ordiniamo baccalà in agrodolce, frittura di pesce e insalata.

Mentre aspettiamo, Luca continua a versarmi il delizioso vermentino della casa. Mangiamo tutta la focaccia del cestino pensando a cosa direbbero i rispettivi oncologi se ci vedessero gozzovigliare insieme.

«Cosa ne pensano le tue fidanzate della gita al mare?» chiedo invece, disinibita dall'alcol.

«Le ho lasciate» risponde, rubando il cestino della focaccia dal tavolo vicino.

«Tutte e due?» Sono sorpresa. Nei giorni in cui ci siamo scritti Luca mi ha raccontato nei dettagli i problemi con le due ragazze che frequenta, una troppo dolce e noiosa, l'altra affascinante ma stronza, ma non ha mai accennato a volerle lasciare.

«Sì, perché?» chiede guardandomi da sotto in su. «Ti dispiace?»

«Ah, no, lo saprai tu. Ma mi stupisci.»

«Pensi che sia un cazzone, lo so, ma ti ricordo che tra noi due la cazzona sei tu.»

Mi piace lasciarmi prendere in giro da Luca, mi fa piacere che noti il mio lato più divertente. Shlomo mi fa sentire noiosa, mi descrive come la persona pesante e vittimista che sono solo in parte e solo con lui. Siamo tutti una proiezione di qualcosa, per gli altri. Per Shlomo forse io sono quella della sua seriosa madre. Non so come sia la madre di Luca, mia quasi coetanea. Di lei mi ha detto solo che legge tanto ma ho intuito che hanno un legame molto stretto.

Lo chef arriva con il baccalà ricoperto da una salsa agrodolce all'aglio.

«Ma è fantastico questo pesce. E anche questo posto» apprezza Luca. «E anche tu» aggiunge, dandomi un calcetto sotto il tavolo e riempiendomi il bicchiere.

«Cosa ne penseranno i tuoi globuli bianchi di tutto questo vino e del pesce fritto?» gli domando.

«Saranno entusiasti. Pensa ai tuoi di globuli bianchi.»

«I miei per ora sono stati bravi.»

«Non quanto i miei. Se non collassavano, stasera non sarei stato qui. Nel posto al mondo dove più voglio essere.»

«Con queste luci al neon?»

A differenza di Shlomo, che mi prende sempre sul serio, Luca sembra divertirsi per tutto quel che dico. «Sì, luci al neon, fiori di plastica e chef pazzo. Adoro questo posto.»

«Dici che è pazzo?»

«Ma certo, non l'hai capito?»

«A me è simpatico.»

«Anche a me.»

Prende la mia mano sinistra e mi bacia l'interno del polso. «Mi sono preso una cotta per te» scandisce, guardandomi negli occhi.

«Ma se sembro Frankenstein, pelata e con la tetta finta!» rispondo.

«Mi sono preso una cotta per Frankenstein.»

«Guarda che ci credo.»

«Credici tesoro.»

«Sei ubriaco.»

«Sì. E dico la verità. Bevi anche tu e dimmi quanto ti piaccio.»

Scoppiamo a ridere tutti e due e io gli spruzzo del vino addosso.

Proprio in quel momento, mentre Luca allarga le braccia e si guarda la camicia macchiata come se avessi fatto la cosa più divertente del mondo, torna lo chef proponendo un tiramisù appena preparato.

«Lo vedi che è pazzo?» dice Luca, indicandolo.

«Certo che sono pazzo» annuisce lui, con un sorriso smagliante e gli occhi che brillano, sporgendo in fuori la pancia. «Posso farvi assaggiare anche il passito che fa mio cugino?»

Che cosa ho fatto di male? Dove ho sbagliato?

Chiunque si ammali sul serio si fa questa domanda, più o meno consciamente, con maggiore o minore urgenza.

A seconda di quanto è razionale penserà che la sua malattia dipenda dalle onde elettromagnetiche, l'inquinamento, lo stress, il lavoro, le persone che ha amato, le scelte che ha fatto, quel che ha mangiato. Proverà un misto di senso di colpa, per l'errore che ha portato nel suo corpo disarmonia e malattia, e di speranza che individuandolo riuscirà a tappare la falla, ritrovare integrità, rimettersi sulla rotta giusta.

"Non mangerò più cose che mi avvelenano, non dormirò più col telefono sul comodino, toglierò i metalli, eliminerò le relazioni nocive, le cattive abitudini, andrò a caccia di tutto quello che c'è nella mia vita di sbagliato e irrisolto e lo cambierò." Il malato si illude di potersi depurare dal male e di ritrovare la salute. È un'illusione comprensibile. Purtroppo al male non c'è rimedio. I miracoli li fa il caso e l'unica possibilità è affidarsi alla scienza. La chemioterapia fa schifo, ma è la sola cosa che forse ti può aiutare.

Nonostante ogni evidenza – bambini che muoiono, incidenti assurdi, fame, guerre, malattie – non riusciamo ad accettare l'insensatezza del male. Forse non possiamo perché se fossimo sempre consapevoli di quel che di terribile e ingiusto capita in ogni istante nel mondo impazziremmo. Forse non dobbiamo, perché la volontà di guarire è certamente più utile del lasciarsi andare. Quando faccio la dieta che mi ha prescritto l'oncologa antroposofa, elimino i grassi animali, i lieviti, l'alcol e gli zuccheri, mi sento subito meglio, più forte e più lucida. Forse starei meglio anche se fossi capace di mangiare poco di tutto. È limitare gli zuccheri, i grassi e il cibo in generale che fa bene, non eliminare alcuni alimenti. Ciò nonostante siamo sempre alla ricerca di una soluzione radicale. Questo sì e l'altro no, bianco o nero, giusto o sbagliato: sembra più facile, se hai delle regole da seguire.

Dobbiamo sempre trovare cause, significati, soluzioni.

Se non mi fossi massacrata di lavoro, se mi fossi protetta di più, se avessi mangiato poco di tutto, se fossi stata moderata, razionale, se non avessi piantato grane, non mi fossi gettata in ogni fuoco e in ogni sfida, se non avessi sposato un uomo che mi fa soffrire, se mi fossi accontentata di gioire del vento tra i rami e non mi fossi spinta oltre i miei limiti forse il mio corpo avrebbe saputo tenere a bada il male. Ma non l'ho fatto. I miei errori sono ciò che più rimane. Gli entusiasmi, gli slanci, le emozioni e le passioni, i rischi che ho preso sono la mia vita. Gli errori hanno fatto di me ciò che sono.

Forse si sta meglio, come dice Sin, non desiderando, ma chi se ne importa di come si sta meglio, abbiamo una sola vita.

Abbiamo sbagliato? Può darsi, ma se pensiamo che non esista una verità se non la nostra, e che sia legata indissolubilmente a chi siamo in quel momento, anche il concetto di errore perde senso. Ho sbagliato, ma sono. E amo e vivo, per adesso.

Odio quest'ospedale. All'inizio, quando ci venivo dopo l'operazione per togliere i drenaggi e il siero dalle ferite, o per la fisioterapia, mi sentivo a casa. Avevo voglia di salutare i medici, gli infermieri, le impiegate dell'accettazione. Il mio corpo era ancora fiducioso. Ora non lo è più. Dopo la chemioterapia è cambiato tutto. Mi basta l'odore dell'ospedale, all'ingresso, per sentirmi in pericolo.

Anche oggi mi hanno torturata per farmi il prelievo. L'ecografia ha mostrato che la vena della prima infusione è chiusa, trombizzata, e quella della seconda è infiammata. Ecco perché mi faceva così male il braccio. Non riesco a stenderlo, ho un dolore costante dal polso al gomito. Solo per stabilire se sono in grado di sopportare la nuova terapia mi hanno bucata quattro volte, dolorosamente. Alla quinta le lacrime cadevano dagli occhi come goccioloni di pioggia. Ci hanno provato un'infermiera e un anestesista, alla fine ci è riuscito un radiologo con l'aiuto dell'ecografo, ma ora che il prelievo ha deciso che i globuli bianchi sono sufficienti capisco che non sanno dove infilarmi l'ago per l'infusione.

Sento Tagliavini confabulare con Azzurra: «Ci sarebbe la giugulare...». Lei mi guarda preoccupata. Si è affezionata a me e le dispiace farmi soffrire. Shlomo è uscito dalla stanza quando è arrivato il medico, per discrezione. Mi sento impotente. Il dolore fisico mi annulla. Provo a pensare a Luca, per distrarmi. A come ci siamo svegliati quando abbiamo dormito insieme.

Non ha dormito nel lettino, ma insieme a me. Ha insistito e io gliel'ho consentito a patto che accettasse la prova che le dame imponevano ai cavalieri medioevali: dormire insieme senza toccarsi. Si è divertito all'idea della prova, gli piace giocare. Gli ho recitato la poesia di Beatriz de Dia: «Ben vorrei il mio cavaliere\tenere una sera tra le braccia nudo,\e che si ritenesse fortunato\se solo gli facessi da cuscino», ma non ho voluto baciarlo, com'era ammesso tra i trovatori, perché sapevo che non sarei riuscita a fermarmi a un bacio. Appena svegli, dopo poche ore di sonno agitato per entrambi, siamo rimasti a chiacchierare e a parlottare stretti uno all'altro, come antichi amanti o come fratelli, la mia gamba intrecciata al suo ginocchio. Poi ci siamo alzati, abbiamo fatto colazione sul terrazzo raccontandoci i rispettivi sogni, e siamo scesi in spiaggia. L'ho portato a vedere le rocce grigie attraverso un lungo sentiero tra i cespugli, a picco sul mare. Al ritorno lui è andato a nuotare e io ho letto i giornali, e quando si è asciugato abbiamo mangiato un piatto di spaghetti al ristorante sulla spiaggia perché l'alcol della sera prima ci aveva fatto venir voglia di carboidrati. Dopo pranzo siamo tornati a casa e ognuno è andato a dormire nella sua stanza, senza parlarne, consapevoli di aver bisogno di sonno. Al risveglio eravamo allegri e riposati.

È così che vivono le persone che stanno bene insieme? In sintonia, senza litigare, condividendo piccoli piaceri, proteggendosi l'un l'altra? È una novità per me. Ma può durare così, senza sesso, senza progetti, senza preoccupazioni?

Non me lo voglio chiedere, ma ho detto a Luca la verità: sono ancora innamorata di Shlomo. Non è sembrato stupito, né ferito. Ha detto: «Lo so dal primo momento che mi farai a pezzi, ma va bene così. Non posso tornare indietro».

Non capisco quanto scherzi e quanto faccia sul serio. Mi

dico che la nostra malattia è un'astronave che ci consente di vivere fuori dal tempo.

Hanno deciso. Capisco dalla faccia dispiaciuta di Azzurra che hanno scelto la giugulare. Alla sola vista del sacchetto pieno di liquido rosso sento un sapore metallico in bocca e un senso di malessere. «Farà male?» chiedo.

«Poco, le facciamo un pizzico di anestesia locale.»

Avevano ragione gli infermieracci cattivi, dovevo mettere il Picc, mi sarei risparmiata la vena trombizzata, la flebite e i dolori dei buchi. Questo pensiero mi deprime ulteriormente.

Lo dico a Tagliavini, in cerca di espiazione: «È colpa mia, dovevo mettere subito il Picc».

La sua razionalità stavolta è di consolazione: «Non è detto, dipende, l'ecografia mostra che le sue vene sono congenitamente piccole e recentemente ispessite, probabilmente a causa delle flebo di ferro che le hanno fatto dopo l'operazione: magari non saremmo riusciti comunque a metterlo».

"Dipende" è la parola preferita di Tagliavini: per lui esiste solo quello che ha un'evidenza certa. Tutto il resto, congetture, supposizioni, dietrologie, non ha senso. Capisco perché è tanto stimato, anche io mi fido di lui. È come Shlomo, non promette cose che non può mantenere.

«Facciamo quel che bisogna fare» dico, chiudendo gli occhi e alzando il mento. E mi sembra di sentirlo sospirare.

27

Sdraiata sul letto di casa, rimpiango il dondolo che non dondola.

Le nausee erano più sopportabili davanti a un cielo che tra queste mura color sabbia.

L'unica consolazione è Novembre, che mi dorme sulla pancia, mentre in montagna preferiva il divano. Da quando sono ammalata gli voglio più bene. Non gli ho mai dato molta attenzione. È un gatto dalla scarsa personalità. Fa grandi fusa, miagola perché gli si apra il rubinetto per bere l'acqua corrente, ma ha uno sguardo spento, a differenza del mio gatto precedente, Marcello, che aveva gli occhi che ridevano e si produceva in una serie di numeri: parava le palline, giocava con qualunque piccolo oggetto, si contorceva sulla schiena mostrando la pancia, balzava sui mobili, si infilava sotto le mie coperte. Anche Novembre fa tutte queste cose, ma di rado, e meno convinto. È un gatto trasognato. Ma per la prima volta in sette anni sento che il nostro rapporto è diventato più profondo. Lui è sempre uguale, ma ora che io sono più debole e bisognosa, e che sto di più a casa, gli sono grata per il suo affetto tenace. Mi segue ovunque, e se mi siedo o mi stendo lui mi si accomoda in braccio e comincia a ronfare.

«È perché è vecchio» dice Marco. Lui e Giò credono che

la giovinezza sia un valore, che il mondo si divida in giovani e vecchi e che tutti quelli sopra i ventisette anni siano vecchi. Novembre, per il calcolo della vita dei gatti, avrebbe quarantanove anni, come me. Una mummia.

Anche Luca è una certezza. Mi scrive continuamente cose che non ero più abituata a sentirmi dire. Che sono bella, simpatica, che gli piaccio. Parla delle mie lentiggini, del colore dei miei occhi, del mio naso, delle mie ginocchia.

Mi chiede come sto, di che umore sono, se mi fa male il braccio. Si preoccupa se non mi sente per più di tre ore. È da quando è morta mia madre che nessuno si preoccupava così per me.

Scherza dicendo che lui è il servitore e io la sua dama, che il nostro è un "amor cortese" e il suo dovere è piacermi, essermi fedele e decantare le mie virtù.

Luca ha la terapia tra pochi giorni. Abbiamo deciso di vederci tra due settimane, quando andrò a Torino per un incontro al Circolo dei lettori fissato da tempo. Quel giorno dovremmo stare bene entrambi: ormai il malessere non dura più di una settimana.

Lo prendo in giro dicendogli che potrei essere sua madre. Risponde che l'unico problema tra noi è che lui è uno spiantato. Facciamo lunghe chiacchierate al telefono. Erano anni che non parlavo tanto al telefono: di solito mando messaggi. Ci telefoniamo quando Shlomo non c'è, ma tanto non c'è quasi mai.

Non mi sento in colpa perché non ne parlo a Shlomo: cosa potrei dirgli? "C'è questo ragazzo che mi chiama, dice che sono bella, siamo diventati amici"? Shlomo penserebbe che Luca ci prova, e avrebbe ragione. Ma non sono disposta a rinunciare a Luca, quindi è meglio che non dica niente.

«Non si prendono decisioni in tempo di guerra» ha detto la dottoressa Parenti quando le ho raccontato che il regista al quale ho fatto sentire il mio monologo mi ha chiesto di dirigermi e che penso di rifiutare. «Aspetti a dire di no, rimandi, potrebbe farle piacere avere davanti un progetto nuovo tra un po' di tempo» mi ha consigliato lei. È saggia, ha ragione, ma quella proposta mi ha messo ansia e se rifiuto subito sono più tranquilla. Non sono mai stata brava a prender tempo e a rimandare le decisioni, tranne che con Luca, ma né lui né Shlomo mi chiedono di decidere nulla e io sento di non aver nulla da decidere.

Però la frase della dottoressa l'ho registrata. "Non si prendono decisioni in tempo di guerra." Né sul lavoro né in amore.

Marco ha ricominciato la scuola. Si è iscritto a un corso di judo, in compenso ha abbandonato atletica. Ogni pomeriggio ha un impegno: lunedì e mercoledì chitarra, martedì e giovedì judo. Il venerdì è libero e va al cinema, o al parco con gli amici. I compiti non li fa mai, dice che gli basta stare attento a scuola. Giò quest'anno ha la maturità e finalmente si è messo a studiare, è molto impegnato. Due sere la settimana va a basket e appena ha un minuto libero si infila le cuffie e guarda una serie televisiva sul computer.

Sembrano entrambi sereni, allegri e distratti, e ne sono contenta. Ci vediamo a tavola: il resto del tempo, se non escono, stanno chiusi nella loro stanza. Hanno bisogno che io ci sia, di vedermi uguale a sempre, senza frequentarmi troppo, e anche io ho bisogno che mi lascino il tempo di leccarmi le ferite.

Shlomo in questo periodo ha un lavoro che gli piace: una villa sul lago di Como di una coppia di americani. Esce presto e torna tardi. Si tiene libero solo per accompagnarmi in ospedale il giorno della terapia, per il resto lavora sempre, anche il sabato e la domenica. Solo Franz da Berlino chiama più di prima. Manda foto, link di canzoni, chiede come sto. Dei nostri figli Franz è forse il più sensibile. Io lo rassicuro, faccio la brillante, taglio corto. Penso a che fortuna sia che gli altri due, tre con Shlomo, non facciano come lui, perché mi soffocherebbero.

Ma l'unico che ha davvero tempo per me è il gatto Novembre. Gli gratto la testa fra le orecchie fino a che i peli volano dappertutto.

I miei sono caduti tutti e ho deciso di provare a mettere la parrucca: quest'estate potevo farla franca con fasce e cappelli, ora i miei turbanti attirano l'attenzione e non sono ancora pronta a condividere quel che mi sta capitando. Chissà se lo sarò mai.

Ho preso appuntamento in un centro dove mettono protesi fisse di capelli veri. «Sono extension, come quelle che usano le attrici» mi ha detto al telefono il responsabile. Guai a usare la parola "parrucca", o "protesi". Io invece ho ben presente che, oltre al seno finto, avrò i capelli finti. Mi sembra di capire quelli a cui manca un arto. Non ho mai avuto bisogno nemmeno degli occhiali o dell'apparecchio per i denti ma ora che mi sto travestendo da me stessa, che ho perso per sempre la sensibilità a un seno, all'ascella e alla parte superiore del braccio, comincio a comprendere i disabili. La verità è che prima li sentivo diversi da me, per quanto ostentassi disinvoltura e naturalezza quando avevo a che fare con persone in carrozzina, con le stampelle, con l'apparecchio acustico. Ora so che una disabilità può capitare a tutti.

Sono meno me stessa ora che sono calva, con un seno di silicone e un braccio difettoso? Anche se ogni tanto il malessere mi tiene prigioniera, dopo la prima infusione non mi è più successo di non sentirmi io. Il dolore estremo tiene in ostaggio la tua identità, ma quel che si può sopportare si sopporta e quasi si dimentica. Ciò che spero di non dimenticare mai è che esiste un mondo parallelo di malati che vive accanto a quello dei sani. Non ci sono differenze tra sani e malati, tranne una: i malati hanno più voglia di vivere.

28

Le tre del pomeriggio e Luca non ha ancora chiamato né
mandato un messaggio e non ha risposto ai miei: non era
mai successo dal giorno che è venuto a trovarmi in montagna, quasi tre mesi fa. Di solito mi scrive al mattino, diverse volte, poi chiama all'ora di pranzo, e se non chiama scrive. Cosa gli sarà successo? Non mi vuole più bene? O non
può telefonarmi? L'ansia si è risvegliata e mi morde il petto.

Realizzo che la nostra amicizia, che sembra diventata vitale per entrambi, dipende dal cellulare. Non abbiamo amici in comune, né posti dove potremmo incontrarci per caso.
Non saprei a chi chiedere notizie di Luca, se non telefonan-
do al suo liceo. Dovrei andare a cercarlo di persona.

Non ho nemmeno il suo numero di casa, sempre che abbia il telefono fisso. Non frequenta i social network, non so
come si chiami sua madre di cognome. Mi viene in mente
che non ho imparato il suo numero a memoria: se perdes-
si il telefono non saprei più come chiamarlo. Vado subito a
cercarlo e a scriverlo su un'agendina che tengo in cucina,
quella con i numeri di emergenza: Pronto intervento, Cara-
binieri, Centro veleni, Vigili del fuoco e ora L.P.

Ho soltanto il suo numero di cellulare e la sua mail, per
cercarlo.

Ripenso all'ultimo scambio di messaggi di ieri sera. Li ho

cancellati per un automatismo, siamo ogni giorno più intimi, forse Shlomo rimarrebbe perplesso se li leggesse.

Prima di darci la buonanotte abbiamo parlato della terapia ormonale che mi ha prescritto l'oncologo: devo iniziarla appena finisco la chemioterapia. Gli ho scritto che diventerò di colpo vecchia e grassa e mi verrà la pancia da passerotto e la pelle grinza e cadente e avrò le vampate della menopausa. Ha risposto: "Ti abbattono gli estrogeni? Ma è una notizia stupenda! Diventerai trattabile e coerente, finalmente". Poi ha aggiunto: "Scherzo: niente può migliorarti, meglio di così è impossibile. Però è vero che se invecchi un po' diventi più simile a noi umani".

Che ci abbia ripensato? Che si sia reso conto che sta illudendo una donna in declino? O forse ieri sera ha rivisto una delle sue fidanzate e ora è insieme a lei? Non mi ricordo se il mercoledì lavora. Non so quasi niente dei suoi impegni. Si lamenta spesso della scuola, degli studenti ignoranti e dei colleghi noiosi, ma senza darmi dettagli.

Sono le sei del pomeriggio e Luca non ha ancora scritto. Se entro domani non lo sento cosa faccio? Ho trovato il numero della scuola dove lavora, proverò a chiamare lì. Sono agitatissima.

Alle nove Luca non ha risposto. Mando il terzo messaggio: "Se non mi vuoi più bene pazienza, ma dimmi se sei vivo che mi preoccupo".

A che ora potrò telefonare a scuola, le nove del mattino? E se mi dicono che non sanno dov'è? Non so neanche il suo indirizzo, so solo che abita in una mansarda vicino a piazza Bodoni e che sotto casa sua c'è un cinema.

Si sarà sentito male?

E se chiamassi il nostro ospedale? Non mi daranno mai informazioni su un altro paziente, meno che mai a quest'ora.

Sabry! Lei mi aiuterà. Le spiegherò che io e Luca siamo diventati amici e che ho perso il suo numero. Le dirò che mi hanno rubato il telefono. Come ho fatto a non pensarci prima: Sabry è la soluzione. Ma a me non serve il numero di telefono, mi serve l'indirizzo di casa, me lo darà? Sabry sì, a costo di raccontarle tutto. Oppure no, dirò che devo spedirgli un regalo, fargli una sorpresa.

Devo avere un'aria strana perché mentre mi spoglio per andare a letto Shlomo chiede se sto bene.

Rispondo di sì, che ho solo un po' male al braccio. Lo saluto con un bacio sulla guancia, lui si gira verso il muro e dopo due minuti sento dal respiro che sta dormendo. In certe situazioni è un vantaggio che Shlomo sia così poco attento a me.

Ingoio mezzo Xanax: non lo facevo da dopo l'operazione, quando i drenaggi mi impedivano di prendere sonno. Mi addormento guardando sul cellulare gli orari dei treni per Torino.

29

Mi sveglio alle sette, riposata e rilassata: lo Xanax mi ha fatto dormire benissimo. Mi sento un'altra persona quando riposo così.

Dopo pochi istanti di veglia mi ricordo della sparizione di Luca. Guardo il telefono: non ci sono messaggi. Per fortuna ieri ho preso quello Xanax.

Decido di prepararmi un tè nero prima di chiamare Sabry. Non riesco ancora a bere il caffè, che mi piaceva tanto, ma ho bisogno di svegliarmi un po'.

Shlomo dorme. In cucina c'è solo Novembre. Mi si strofina sulle gambe. Marco e Giò arriveranno tra dieci minuti, pallidi e muti come zombie. Gli ho preparato la colazione sul tavolo ieri sera: ora tolgo solo il latte dal frigorifero per Giò e affetto un kiwi per Marco, che ha il raffreddore e ha bisogno di vitamina C. Apro l'acqua del rubinetto per Novembre.

Scarico i giornali sull'iPad e mi preparo fette biscottate senza lievito e composta di mirtilli senza zucchero. La trasgressione sarà il miele che metterò nel tè.

Marco arriva per primo. Si è messo il gel nei capelli, indossa jeans stracciati sulle ginocchia e una maglietta leggera che io metterei solo in agosto per andare in spiaggia. Lo Xanax serve anche in queste situazioni: invece di accoglierlo con un "Mettiti la felpa" gli dico che sta benissimo pettinato così.

Giò è in ritardo, entra in cucina sbattendo la porta, non si siede, prende dalla credenza una mela e se ne va dicendo: «Ciao ma', oggi non torno a pranzo, mangio un panino con quelli del collettivo». Se Giò è disposto a mangiare un panino invece di primo secondo e contorno significa che il collettivo lo appassiona davvero.

Accompagno Marco alla porta di casa e senza bisogno che glielo dica lo vedo infilarsi una felpa grigia gigantesca. Mi dà un bacio sulla guancia, grato del fatto che non l'ho sgridato perché era poco coperto.

Sono le otto: sarà troppo presto per chiamare l'ospedale? Decido di aspettare che Shlomo esca di casa.

Vado a leggere i giornali nello studio portandomi il tè. Novembre mi segue e appena mi siedo salta sulle mie ginocchia. Dopo poco sento Shlomo che si alza, apre le imposte, va in bagno e accende la musica a volume altissimo. Normalmente mi seccherei perché va a fare la doccia senza nemmeno dirmi buongiorno, ma stamattina mi va bene tutto, basta che esca velocemente di casa.

Prendo il telefono per cercare il numero del Day Hospital dove spero di trovare Sabry.

C'è un messaggio di Luca di dieci minuti fa: non l'ho sentito perché avevo la suoneria abbassata da ieri sera.

Dice: "Amore come stai? Ieri non mi funzionava il telefono, era morto, bloccato, ero disperato, non sapevo come fare, non avevo scritto il tuo numero da nessuna parte, ho passato una giornata terribile, stavo per venire a Milano ma non so nemmeno dove abiti. Stamattina si è sbloccato miracolosamente. Deo gratias! Sei sola? Posso telefonarti?".

Non mi aveva mai chiamato "amore". L'emozione di ritrovarlo e delle sue parole buca la serenità chimica dello Xanax. Sono felice.

30

Certe cose non posso raccontarle a Luca. Ad esempio: che ho cominciato a invidiare i vecchi. Leggo sul giornale di una staffetta partigiana morta a cent'anni e penso "Alla buon'ora". Gli amici mi parlano di genitori novantenni più o meno lucidi ma vivi, e rimugino: "Perché loro sì e io no?". Quarant'anni di vita in più non sono pochi.

Leggo di scrittori e premi Nobel ottuagenari, direttori d'orchestra, ex capi di Stato, ex nazisti, registi vecchissimi che ancora lavorano, e rifletto sul fatto che non avrò mai la loro età. O almeno io la penso così: prima o poi il tumore torna e ti ammazza. Mi do cinque anni, dieci al massimo. Non arriverò ai sessanta.

Non posso dire questo a Luca, che ha diciassette anni meno di me, perché equivarrebbe a dirgli che alla mia età sarà morto.

Non ho capito se il suo tumore abbia più recidive del mio, ma il fatto che lui sia giovane non aiuta. Prima ti ammali, prima muori.

Da quando siamo rimasti scollegati un giorno intero abbiamo deciso di parlare ognuno dell'altro a un amico e di scambiarci il numero della persona a cui poter telefonare in caso di incidenti o contrattempi.

Io ho deciso di dargli il numero di mio fratello Piero, che

non si lascerà mai sfuggire nulla con Shlomo, perché è allenato a omettere e a mentire: ha un'amante da oltre dieci anni. È una sua collega, avvocato, si amano, ma né lei né lui vogliono lasciare le loro famiglie. Si vedono un paio di sere alla settimana a casa di lei, che vive a Varese ma ha un monolocale per le sere in cui si ferma a Milano.

Quando racconto a Piero di Luca subito mi dice che se qualche volta mi serve il monolocale di Antonella ce lo possono prestare. Sembra contento che anche io abbia una doppia vita, come lui. Quando gli dico che io e Luca non abbiamo mai fatto l'amore mi guarda come se fossi impazzita.

Mi sento come se dovessi scusarmi: «Non abbiamo avuto l'occasione» gli dico.

Non ho il coraggio di raccontargli che non ci siamo nemmeno baciati. Gli do il numero di Luca spiegandogli che se mi dovesse investire una macchina o mi succedesse qualcosa per cui non posso telefonare deve mandargli un messaggio.

«Hai presente come facevamo con la mamma, quando dovevamo essere sempre reperibili? Ecco, fai conto che Luca sia come la mamma.»

Piero sembra perplesso, ma so che se ce ne sarà bisogno farà quel che gli ho chiesto. È un bugiardo, un traditore e un doppiogiochista, ma è la persona più affidabile che conosca. Il trattamento Gemma lo ha reso sensibile alle debolezze degli altri. A modo suo ha un gran senso del dovere, come me.

Luca mi ha dato il numero di una vicina, molto amica sua. Si chiama Lissandra, abita nel palazzo di fronte al suo e lavora al bar del cinema sotto casa. «Chiamala tutte le volte che non mi trovi. La mia finestra affaccia di fronte alla sua. E ogni volta che esco di casa la saluto dalla vetrina del bar. Se dovessi avere dei problemi lo saprà per prima.»

Sorrido all'idea che a Torino esista una Lissandra che è al corrente del fatto che io e Luca siamo così importanti l'uno per l'altra.

Mio fratello non vale. Piero mi conosce bene. Sa che sono

capace di tutto e del suo contrario. E anche se è affezionato a Shlomo, pensa che mi faccia soffrire troppo, e non sarebbe poi tanto dispiaciuto se ci separassimo, se non per i ragazzi. Lui e Teresa non hanno figli. Hanno comprato una casa nel Monferrato, dove Teresa a poco a poco si è trasferita per coltivare le sue rose antiche. Ha cinquecento varietà di rose e lavora tutto il giorno, dall'alba al tramonto: taglia, pianta, concima. Per ogni rosa ha una storia da raccontare. D'inverno passa tre mesi sulla scala per tagliare rampicanti e sarmentose. Nonostante tutto quel lavoro le è venuta la pancia perché prepara torte, beve ogni sera vino e mangia quel che le pare. Siamo coetanee ma lei ha i capelli grigi e gli occhiali e sembra molto più grande di me. Lei e Piero si vedono solo nel fine settimana e vanno molto d'accordo. Credo che Teresa sappia di Antonella, che ha dieci anni meno di lei, e non ne sia gelosa. Forse pensa che l'esistenza di Antonella le permetta di fare quel che le piace: occuparsi del giardino, ingrassare, smettere di colorarsi i capelli. Mi figuro di diventare come lei, con la terapia ormonale: una donna anziana. Ma non mi sento ancora pronta, nonostante invidi la sua serenità.

Piero fa di tutto per non farle sapere di Antonella. Passa con lei ogni giorno di vacanza e le telefona ogni mattina e ogni sera. È molto premuroso: credo che essendo cresciuto con nostra madre sia ipersensibile agli stati d'animo femminili e sia grato a sua moglie per il suo equilibrio e il buon carattere. Teresa lo rassicura, Antonella invece gli piace. Io lo preoccupo, anche se è abituato ai miei eccessi.

Per fortuna è molto distratto dalla sua vita frenetica: lavora moltissimo e si occupa di due donne. Per essere figli di Gemma non siamo neanche troppo infelici.

31

La moglie di Thai Sinopoli mi ha invitata a pranzo.

«Solo noi due» ha specificato. Non ho trovato scuse per non andare.

Ho un bel ricordo di Marina Sinopoli e del suo sguardo limpido. Mi ritrovo a salire a piedi le scale del loro palazzo come quattro mesi fa.

Penso alla me stessa di allora e devo riconoscere che sono cambiata. Sono più consapevole di quel che voglio, meno disponibile a farmi del male, meno confusa. Sapevo già benissimo cosa volevo, anche prima di ammalarmi. Solo che non lo facevo.

Ripenso a quel giorno. Mi ero messa un vestito scomodo e dei sandali alti, coi tacchi, ed ero in ansia per qualcosa che nemmeno volevo, come se il mio valore dipendesse dal giudizio di Thai. Come se avessi vent'anni invece che quasi cinquanta.

Suono e sento abbaiare un cane: dopo un istante Marina apre la porta. È luminosa come la ricordavo. Bellissima. Anche lei ha gli occhiali e i capelli grigi, come Teresa, ma i suoi sono lisci e lucidi, e i piccoli occhiali ovali di metallo la fanno somigliare a un'intellettuale mitteleuropea nella Vienna del Novecento. Marina è alta come me e sottile. Sembra che abbia mescolato dei vestiti presi a caso dall'armadio, ma il risultato è incantevole. Non so perché mi voglia incontrare, ma mi sento a mio agio con lei, a differenza che con suo marito.

«Il mostro sacro è a Roma tutta la settimana» dice sorridendo, «oggi possiamo mangiare in pace.»

Ha apparecchiato con una tovaglia bianca e dei piatti rustici color grano un piccolo tavolo ovale di fronte alla finestra che affaccia sulla chiesa della piazza antistante. È una piazza dove sono passata mille volte per andare al parco vicino, quando i bambini erano piccoli, o a comprare tessuti in un negozio storico proprio sotto casa loro, ma non immaginavo che ci si potesse abitare, talmente è bella. Chissà perché ho sempre messo dei limiti alla bellezza, come se più di tanto a me non fosse consentita. Come se non mi potesse appartenere, a parte quella della natura che è di tutti. Da ragazza trovavo affascinanti posti e ambienti squallidi che mi facevano sentire in comunione col mondo reale, e non mi sono concessa serenamente le cose belle neanche quando avrei potuto.

Questo appartamento invece è pieno di cose belle, vecchi libri, strani quadri, tappeti colorati, piccole statue. Il pavimento è di legno di ciliegio. Sui divani bianchi dormono tre cani: un setter, un bracco e un bastardino bianco, di mezza taglia, col pelo ispido. Stanno sdraiati in mezzo a cuscini di velluto di ogni gradazione di pervinca. Una grande porta a vetri di legno bianco è aperta su una stanza che sembra l'atelier di un pittore, piena di tele e cavalletti.

Sul tavolo, tra i bicchieri di vetro soffiato azzurro, c'è un piccolo vaso di cristallo con delle rose di colori diversi, recise da un giardino. Le annuso. Profumano di pesca come certe rose di Teresa.

«Come stai?» chiede Marina, fissandomi.

Mi domando se abbia saputo da qualcuno o se il mio turbante rosa la insospettisca. Domani vado a mettere le extension, qualunque cosa siano.

«Bene. Tu come stai?»

«Perché non vuoi lavorare con Thai al tuo monologo?» domanda subito, diretta. Da una ciotola di legno serve un'insalata di misticanza, finocchi, arance, mandorle e piccoli fiori gialli, appena condita con una salsa di yogurt e senape. In una caraffa c'è dell'acqua con una grossa fetta di cedro. Mastico una mandorla prima di rispondere.

Marina mi piace, non ho voglia di raccontarle bugie. Non ho più voglia di farlo con nessuno.

«Ho paura» rispondo.

«Questo l'avevo capito. Ma Thai si è molto incuriosito, e quest'estate ha divorato i tuoi libri. Dice che ha bisogno di te.»

Mastico una fetta di pane con le olive. Potrei dire a Marina che mi sto curando. Mi piacerebbe raccontarle che ho scoperto la malattia subito dopo averli incontrati: in qualche modo li riguarda. Ma non sarebbe la verità, non è per le cure che non voglio lavorare con Thai. Ho paura che lui mi affatichi. È così potente, carismatico, affascinante. Troppo.

«Ho paura che Thai sia troppo impegnativo. Non so se sono capace di lavorare con qualcuno che la sa più lunga di me. Non credo di averne voglia» le rispondo. Lei fa una piccola smorfia con un angolo delle labbra. Sembra divertita.

Noto che porta un magnifico anello antico all'anulare sinistro, sopra la fede. Un piccolo smeraldo quadrato, circondato di brillanti.

«Ti ha chiesto lui di incontrarmi?» domando.

«No. Ero curiosa. Non succede mai che qualcuno non desideri esser diretto da lui, o almeno, non era mai successo prima. E poi avevo voglia di rivederti. Il giorno che sei venuta qui avevi una luce misteriosa addosso.»

Ricordo che uscita da casa loro ero inquieta. L'entusiasmo di Thai per il mio monologo mi aveva scombussolata. Ero andata a provarmi dei bikini in un negozio vicino e ne avevo comprati tre che non ho mai potuto mettere, uno uguale all'altro. Quando trovo un capo che mi piace, e non succede spesso perché non ho quasi mai tempo o voglia di fare shopping, ne compro due o tre uguali, in diversi colori. Vengo presa dall'ansia di sbagliare colore, e allora esagero. Poi ne porto sempre e solo uno. Era successo anche per i sandali che avevo quando ero stata qui: ne avevo comprate due paia in un negozio qualche giorno prima. Uno nero e l'altro grigio. Non li ho più indossati, dopo quella volta.

«E se rifiuto?»

«Vuole entrare nel tuo mondo, sentire cosa ti muove. Quando si fissa diventa ossessivo.»

«Questo non mi rassicura» rispondo, sorridendo.

I discorsi di Marina mi stanno intrigando. Chi sono io per rifiutarmi di lavorare con Thai Sinopoli? E soprattutto: non potrebbe essere divertente?

Marina ora ha portato in tavola una coppa di alkekengi da intingere in una salsa di cioccolato fondente.

Glielo dico: «È che ho voglia di fare solo cose divertenti. Non ho più voglia di far fatica. È un periodo così».

«Fai bene» dice. «Ma credo che con Thai ti divertiresti.»

«Perché?»

«Perché sì. Lui è attratto dal tuo lavoro, e da te. Come autrice, eh. Siamo monogami, non pensare a cose strane.»

Ora Marina apre la finestra e si accende una sottile sigaretta bianca. È veramente bella ed elegante, lo credo che Thai sia fedele. C'è qualcosa in lei di seducente, una grazia misteriosa. «Di dove sei?» chiedo.

«Di Nova Gorica.»

«Ah ecco.»

«Cosa?»

«Mi sembravi poco italiana.»

«La mia famiglia è di Gorizia, in realtà. Nel quarantasette si sono trovati di là, non so come. Siamo venuti a Milano pochi anni dopo.»

«Non so nemmeno che lavoro fai.»

«Facevo la sarta, ora sono in pensione e dipingo quegli orrori che vedi appesi in giro.»

«Sono belli invece. In pensione?» mi stupisco.

«Ho sessantasei anni. Diciassette più di Thai. Lavoravo con la costumista di un suo spettacolo, quando ci siamo conosciuti.»

Diciassette anni di differenza? Come tra Luca e me! Marina sembra mia coetanea, o appena più grande. Invece è molto più vecchia. E anche molto più bella.

«A quanti anni vi siete conosciuti?» non posso fare a meno di chiederle.

«Thai ne aveva ventotto, io quarantacinque. Ci ho messo un po' a fidarmi. Ma alla fine ho lasciato mio marito. Non potevo fare a meno di stare con Thai, siamo fatti l'uno per l'altra.»

Improvvisamente capisco perché sono qui: Marina ha un messaggio per me. Si può amare un uomo molto più giovane. E soprattutto: si può stare bene insieme. L'amore che non fa male esiste.

Mi sento come se avessi bevuto del vino, invece che acqua e cedro.

Marina mi sorride incuriosita.

«Stai bene?» chiede. «Vuoi un caffè?»

Chissà che faccia ho fatto.

«Non bevo caffè dal tre agosto» le rispondo, senza spiegare il motivo, e lei non me lo chiede.

Mi viene in mente che il giorno della prima chemioterapia è stato il giorno che ho conosciuto Luca. Tre agosto. Oggi è il tre ottobre. Soltanto due mesi fa. E due mesi prima avevo scoperto il tumore.

In quattro mesi è cambiato tutto e non è cambiato niente. Sono sempre io, solo che ho un seno finto, ho perso i capelli, e ho una gran voglia di essere me stessa. Sarei me stessa senza Shlomo? E insieme a un ragazzo che ha diciassette anni meno di me?

"Non si prendono decisioni in tempo di guerra." Devo ricordarmi le parole della dottoressa Parenti.

32

Stasera vedo Luca. Domattina alle nove ho l'incontro al Circolo dei lettori e gli organizzatori mi hanno prenotato una stanza in un hotel, ma prima cenerò da lui.

«Hai una scarpiera a casa tua?» ha chiesto al telefono.

«Una specie, perché?» ho risposto.

«Volevo prepararti al fatto che la mia casa è grande come la tua scarpiera» ha detto.

Viene a prendermi in stazione, una cosa che Shlomo ha fatto una volta in quindici anni.

Non riesco a evitare di fare paragoni tra Luca e Shlomo, di chiedermi se potrei, o dovrei, lasciare Shlomo e provare a stare con Luca. Poi mi dico che in tempo di guerra è permesso tutto, ci sono le leggi speciali. Che posso flirtare con Luca e volergli bene anche se sto con Shlomo.

Ho detto a Shlomo che ceno da Luca.

«Ricordati di avvertirmi prima, se ti fidanzi» ha commentato.

Prima di arrivare vado alla toilette del treno a darmi un po' di cipria e di copriocchiaie. L'abbronzatura ormai è sparita, ma i capelli nuovi mi stanno bene. Hanno lo stesso colore rossiccio dei miei, ma sono più lisci, come li ho sempre desiderati. In quattro ore mi hanno trasformata. Sembro più giovane, ha detto Shlomo. Ho avuto l'impressione che si sia emozionato, nel vedermi coi capelli nuovi. Non aveva commentato la mia calvizie, se non la prima volta che mi ha vista senza fascia e ha detto «Poteva andare peggio». Fino a poche settimane fa mi sarei offesa per quel commento, ma da quando penso a Luca soffro meno per la ruvidezza di Shlomo.

Abbiamo appuntamento in testa al binario. Vedo da lontano la sua coppola, è più alto di tutte le persone in attesa. Mentre mi avvicino intuisco che non ha più capelli, né barba. È dimagrito ancora ma è sempre bello, con le spalle larghe e gli occhi da etrusco. Mi sorride: «Sorpresa!» canticchia, levandosi la coppola. Si è rasato a zero. Sembra più grande di me ora.

Lo ha notato anche lui: «Questa pettinatura ti toglie altri dieci anni, non è giusto, sono geloso».

«Mettila anche tu, in poche ore torni come prima» gli dico.

«Cretina, geloso che sei troppo bella, non che sei diventata più bella di me. Lo sei sempre stata.»

«Sei matto, ma meglio così» gli dico, prendendolo a braccetto. È la prima volta che ci incontriamo per strada, in città. Ha un giubbotto di cuoio nero, pantaloni neri di velluto a coste e stivali. Anch'io ho gli stivali, con un po' di tacco, e siamo alti uguali. Quando esco con Shlomo porto sempre scarpe rasoterra, per non sovrastarlo.

Non ci vediamo da tre settimane e una chemio. L'ultima volta era lui ad avere i capelli lunghi, io ero quasi calva. Mi prende la borsa e dice: «Sei abbastanza coperta? Sono con la Vespa di un mio studente».

La Vespa è blu, con la sella bianca.

«Continui a vivere sfruttando gli studenti?» lo prendo in giro.

«Per forza» risponde. «Anzi, preparati, sono giorni che sto facendo cucinare la madre di uno pugliese per te.»

«Ma io speravo che mangiassimo gallette e bevessimo rum, come i pirati.»

Mi infila con delicatezza il casco.

«Non ti dà fastidio?» chiede.

«Manco lo sento» rispondo alzando le spalle, ma mi fa piacere che me lo abbia domandato.

Tira piano piano una ciocca di capelli che spunta dal casco e dice: «Ho sempre sognato di uscire con un trans con parrucca e tette siliconate».

«Tu scherzi ma è proprio così che mi sento» rispondo.

«Piantala che mi eccito.»

«Sei proprio scemo.»

Luca mette in moto. È quasi buio, sono le sette, fa fresco. Che bella Torino. Ha i ritmi, l'odore e il suono di una città più piccola, almeno a quest'ora. La luce dei lampioni illumina dolcemente i marciapiedi bagnati dalla pioggia del pomeriggio. Arriviamo in centro, sotto casa di Luca, in meno di dieci minuti.

Non riesco ad aprire il gancio del casco e gli porgo il mento perché lo faccia lui. Non si è rimesso la coppola e senza capelli è diverso da prima, più maturo e virile. Mi piace ancora di più.

«C'è la tua amica Lissandra al bar?»

«Sì. Domani te la faccio conoscere.»

«Perché non ora? Stanotte dormo al Vittoria e domattina incontro gli studenti, poi riparto.»

«Magari rimani per sempre da me.»

«Non te lo auguro» sorrido.

Si ferma, col casco in mano, come se ricordasse qualcosa d'importante all'improvviso. Mi dice: «Come sto bene con te».

«Anch'io, sai» gli rispondo.

In quel momento in fondo alla strada spunta un'autoambulanza con la sirena accesa, e si avvicina, sempre più assordante.

E ci baciamo lì, davanti alla vetrina del bar del cinema, davanti a Lissandra che ancora non so che faccia abbia, sotto la luce di un lampione, con in mano i caschi, la borsa tra le gambe, la testa vuota di pensieri, l'urlo della sirena che ci avvolge, ci baciamo perché non possiamo farne a meno e perché ora niente è più importante.

33

Saliamo a piedi i cinque piani del palazzo. È un palazzo antico, imponente, senza ascensore. Sono stanca già al primo piano.

Luca mi tiene per mano. Anche lui sembra affaticato dalla salita.

I pianerottoli sono trascurati, bui, non all'altezza della bella facciata risorgimentale.

Saliamo lentamente, senza smettere di tenerci per mano, immersi in un silenzio che ha qualcosa di solenne, come se stessimo salendo i gradini di una chiesa per andare a sposarci, accompagnati dal rumore ritmico dei tacchi dei nostri stivali e del nostro respiro.

Non penso a niente. Sento lo stomaco tendersi per l'emozione.

Luca apre l'unica porta dell'ultimo pianerottolo, più piccolo e scuro degli altri, e mi fa strada. Ci sono delle luci accese. Non serve molto per illuminare: Luca abita la casa dei miei sogni, l'abbaino dell'orfanella sul quale fantasticavo da bambina. È un piccolissimo monolocale a forma di elle, occupato per quasi metà da un letto matrimoniale coperto da un piumone bianco. La luce entra da una minuscola finestra che guarda i tetti. Il soffitto, spiovente, è di vecchie travi, non dipinte né lucidate.

Nel lato lungo della elle c'è un piccolo frigorifero, un fornello a tre fuochi appoggiato su un armadietto, un tavolino di legno verniciato di bianco con accanto due sedie da osteria col sedile impagliato. Su una mensola pochi piatti, tazze e bicchieri. Davanti alla finestra, una scrivania rettangolare ingombra di libri.

«Pensavi che scherzassi?» dice a voce bassa.

«È meraviglioso. Lo so che non ci credi ma è la casa che sognavo da bambina, mancano solo il mozzicone di candela e il topino ammaestrato.»

«Da qualche parte ci sono, guarda in bagno.»

«C'è anche un bagno?»

Luca apre una porta grigia più bassa di lui e mi mostra un bagno di due metri per due al massimo, col pavimento di cemento, un piccolo lavandino, un water e un tubo della doccia. Sotto il lavandino c'è un secchio. Lo straccio e lo spazzolone appoggiati a una feritoia con le sbarre lasciano intuire che l'acqua della doccia va raccolta ogni volta che si usa. Sopra il lavandino è appeso un vecchio specchietto, sulla feritoia c'è un prodotto per pulire il bagno, una spugna, una grossa candela e un bicchiere con dentro spazzolino e dentifricio.

«È un cesso da carcere» dice Luca.

Di fronte al letto è appoggiato un baule da robivecchi. Mi ci siedo sopra e guardo Luca, che ha appeso il giubbotto a un chiodo piantato dietro la porta e sta prendendo due bicchieri dalla mensola. Io non mi sono ancora tolta l'impermeabile.

«Rum non ne ho. Vino o Coca-Cola?» chiede.

In quel momento squilla il mio cellulare. Ci metto un po' a trovarlo, dentro la borsa. È Shlomo. Shlomo non chiama mai, al massimo scrive un messaggio. Forse la cena a casa di Luca non gli era così indifferente. Mi turba parlargli davanti a Luca e sono tentata di non rispondere.

Invece lo faccio: «Ehi, cosa succede?».

La sua voce è bassa, seria. «È meglio che torni, devo partire per Roma stasera e prendere un aereo domattina per Lagos» dice.

«Per?» Credo di non aver sentito bene.

«Lagos, in Nigeria. Ben ha avuto un incidente, pare grave, ma non ho capito niente. Marco stasera può stare con Giò, ma è meglio se domattina ti trova, almeno al ritorno da scuola.»

«Ma cosa stai dicendo? Come un incidente?»

Luca si è fermato a guardarmi con la bottiglia di vino in mano e la fronte aggrottata.

«Mi ha appena avvertito l'ambasciata, non ho capito se sia stato un incidente o un'aggressione, so che devo andare, c'è un aereo da Roma domattina, devo partire subito.»

«Vengo con te. Vengo anch'io. Parto subito.»

«Lea, stai calma, tu devi stare a casa con Marco.»

«Io ci sono stata in Africa, tu la odi, voglio venire, ti aiuto, voglio sapere come sta Ben.»

«Almeno stavolta fai quel che ti dico, ok?» alza la voce. «Tu non ci puoi venire in Africa. Richiamami appena sai quando torni a casa, prendo il treno al volo.»

«Posso chiedere a Piero di occuparsi dei ragazzi» insisto.

«Lea?» ora sussurra, come quando si arrabbia. «Non parliamone più, fammi partire, ciao.»

Luca ha appoggiato la bottiglia sul tavolo.

«Problemi?» chiede.

«Il padre di Shlomo. Fa il fotografo, era in Nigeria, ha avuto un incidente, devo tornare subito a casa.»

Sono agitatissima. Frugo nella borsa senza sapere cosa sto cercando. Guardo Luca, poi la porta di casa, mi alzo e allaccio la cintura dell'impermeabile.

«Ti porto in stazione con la Vespa?» chiede.

«Sì, grazie» rispondo, tormentandomi il pollice tra l'indice e il medio.

Si infila il giubbotto, poi mi viene vicino ma io non riesco a godermi il suo abbraccio. Non dovrei essere qui.

Scendiamo le scale in fretta, io davanti a lui.

Arrivati in strada mi accorgo che ha ricominciato a piovere.

«È meglio se chiamo un taxi» dico.

Lui non dice niente. Rimane fermo nella pioggia mentre io mi riparo sotto una pensilina per telefonare al radiotaxi. Lo vedo abbassare la testa, osservare qualcosa per terra e poi rialzare lo sguardo. Mi giro a destra e a sinistra, in ansia, per capire da quale angolo tra un minuto spunterà Parigi 22.

«Come vuoi» risponde. Mi guarda salire sul taxi e alza una mano come per salutarmi, poi la porta alla bocca, si accarezza il mento e la riabbassa, senza sorridere. Piove forte adesso.

34

Infilo la chiave nella serratura cercando di fare meno rumore possibile, ma Novembre è seduto davanti alla porta, come sempre quando torno a casa. Credo senta il rumore dell'ascensore, ma non so come faccia a capire che sono io. La stanza di Marco è buia, mentre dalla porta di Giò filtra una luce. Busso piano ed entro.

È seduto alla scrivania con gli auricolari nelle orecchie e sta leggendo qualcosa sul portatile, al buio. Accendo e spengo la luce centrale per non spaventarlo comparendogli alle spalle all'improvviso.

«Ehi, ma'...» dice, voltandosi verso di me sulla poltrona di pelle girevole. L'ha voluta come regalo di Natale: viene dall'Ikea, ma sembra una poltrona da dirigente. Giò ama le comodità.

Non so se Shlomo gli abbia detto di Ben. Ho provato a chiamarlo dal treno ma aveva la segreteria, probabilmente sul Frecciarossa per Roma il suo telefono non prendeva. Gli ho scritto di richiamarmi appena arriva, non dovrebbe mancare molto. Chiedo a Giò cosa sta facendo.

«Sto guardando dov'è Madagali» risponde. È pallido, sembra stanco.

«Madagali?» domando.

«Dove c'è l'ospedale di Ben.»

Ne sa più di me: immagino stessero per cenare quando ha chiamato l'ambasciata. Mi viene in mente che gli avevo lasciato un sugo di pomodoro e delle cosce di pollo in umido, chissà se li hanno mangiati. Mi avvicino, mi chino e lo abbraccio da dietro. Giò è l'uomo che più mi rassicura al mondo. Non ho dubbi sul nostro amore.

«Come stai?» chiedo.

È molto affezionato a Ben, come Marco e Franz, anche se non lo vedono mai, o forse proprio per quello. Nessuno lo chiama nonno, solo io, per prenderlo in giro.

«Bene, bene» dice in fretta.

«E Marco?»

«È andato a dormire da poco.»

«Cosa vi ha detto Shlomo?»

«Che Ben ha avuto tipo un incidente ed è in questo ospedale nello stato di Adamawa. Stavo guardando che Madagali è più vicina alla capitale del Camerun che a Lagos. Da Lagos sono millecinquecento chilometri, volevo dirlo a Shlomo.»

«Ah, bravo. Ma forse Shlomo starà facendo quel che gli ha detto l'ambasciata. Avete capito come sta Ben?»

«Eh no.» Giò mi guarda preoccupato. «E tu come stai?» chiede.

Non succede spesso. La notizia dell'incidente di Ben lo ha turbato.

«Io bene. Lunedì ho la prossima.»

Giò fa un sorriso a labbra strette e annuisce un paio di volte, come per convincersi che è tutto a posto.

«Adesso però vai a dormire se no domattina sei uno zombie, ok?»

«Ok, buonanotte ma'.»

Richiudo piano la sua porta attenta a non disturbare Marco che dorme nella stanza di fronte, appendo l'impermeabile e vado in camera mia seguita da Novembre. Mi tolgo le scarpe e mi sdraio sul letto. Sono preoccupata. Richiamo Shlomo e questa volta risponde.

«Ciao, mi hanno appena richiamato, buone notizie» dice velocemente.

«Cosa ti hanno detto?»

«Che lui si è rotto gamba e braccio sinistro ma non ha niente di grave, è l'autista quello malridotto, ma meno di quel che pareva all'inizio. Parto comunque domattina, vado a prenderlo.»

«Meno male» sospiro. Non mi sembra vero. Dalla voce di Shlomo avevo immaginato ben altro. Per tutto il viaggio in treno da Torino avevo temuto che Ben fosse morto.

«Sì, meno male. Senti, sono sfinito, domani il viaggio è lunghissimo. Sto andando a dormire da Jan.»

Jan è il suo amico israeliano che fa il giornalista a Roma. Il suo unico amico israeliano.

«Ma hai capito che cosa è successo?»

«Solo che stava facendo un servizio sulle ragazze rapite da Boko Haram. La jeep si è ribaltata su una pista di terra. Non so altro. Fammi andare, domattina esco di casa alle sei. Tranquillizza Marco appena si sveglia, stasera era agitato.»

«Anche Giò. Domani dimmi di preciso quando arrivi da Ben. Bacio, buonanotte.»

Mi alzo per andare a rassicurare Giò ma vedo che la sua luce è spenta. Lo avvertirò domattina.

Torno a sdraiarmi, inspiro e butto fuori l'aria per liberarmi dal senso di oppressione al petto che ho provato per ore. Novembre è saltato sul letto e mi fissa.

Ben è l'unica persona della famiglia di Shlomo con la quale ho un rapporto naturale e spontaneo. Con Shlomo, Sin e Franz devo riflettere, adattarmi, mentre con Ben è sempre tutto facile. Lo immagino nell'ospedale nigeriano, con la gamba e il braccio ingessati, fare amicizia con medici e infermieri, trovare il modo di aiutare gli altri pazienti, lasciare a tutti un ricordo indelebile. Riuscirà a divertirsi anche là.

Sento un senso di calore tra il petto e lo stomaco. Come se improvvisamente realizzassi – dopo anni passati a idealizzare la mia infanzia, elaborare il lutto per i miei genitori, contrapporre il loro calore all'apparente freddezza di Shlomo – quanto mio marito e i miei figli siano la mia vera famiglia e la mia vita. Quanto i problemi superati, quelli da superare, il tempo passato insieme, le preoccupazioni per i ragazzi, vederli crescere, i litigi, la fatica, le gioie, ci abbiano unito. Sono quindici anni che sto con Shlomo e non ho smesso per un istante di provare emozioni per lui. Non ho mai smesso di portarlo con me, di cercare di decifrare la sua anima per me così misteriosa, così diversa dalla mia. Di cercare di vedermi coi suoi occhi e mettermi in discussione. Ho sofferto tanto, ma sono diventata una persona migliore, con lui. Mi manca moltissimo in questo momento. Me lo immagino alle prese con un viaggio estenuante, lui che detesta l'Africa e le scomodità, ma so che farà tutto nel migliore dei modi, come sempre quando è costretto a fare qualcosa. Shlomo non vende fumo, non promette, non ha slanci, ma quando serve fa quel che deve senza lamentarsi e senza farlo pesare.

Nelle ultime ore non ho pensato a Luca. Non mi sono più fatta sentire da quando sono salita sul taxi, sotto casa sua.

Gli scrivo: "Il padre di Shlomo ha braccio e gamba rotti ma sembra niente di grave. Tu come stai?".

Risponde subito: "Mi sono innamorato di te".

35

Mentre parlo al telefono con Piero comincio a sudare. Sento i pantaloni di seta incollarsi alla sedia e la maglietta bagnarsi sotto le ascelle e sulla schiena. Lo ascolto raccontare di Antonella, che ha proposto un viaggio a Capodanno mentre lui non vorrebbe lasciare sola Teresa, e intanto mi tocco il petto bollente e sudato. Sono in menopausa.

Mi avevano avvertita che con la chemioterapia sarebbe successo, e che è un bene perché il tumore è reattivo agli ormoni, qualunque cosa voglia dire. Non mi sono informata, non ho chiesto in giro né letto cose su internet, voglio fare solo quello che dicono i miei medici e se trovo sui giornali articoli sul cancro giro velocemente pagina: meglio non sapere. Potrei scoprire che da qualche parte c'è qualcosa da fare che non ho fatto.

Questo mese per la prima volta non mi sono venute le mestruazioni. Anche se lo sapevo, anzi sarebbe dovuto succedere già dopo la prima chemioterapia, non ho capito subito cosa stava accadendo, nemmeno quando per due notti di seguito mi sono svegliata alle quattro e non sono più riuscita a riaddormentarmi. Le vampate di calore invece sono inequivocabili, ma non fastidiose come pensavo. A me il caldo piace: sono anemica da quando ero bambina e ho avuto freddo per tutta la vita.

Negli ultimi mesi mi sembrava che l'ansia fosse diminuita, come se fosse stata neutralizzata dalla malattia, ma da qualche giorno sono nuovamente inquieta. Anche oggi mi sono svegliata con il senso di tremore alla bocca dello stomaco e la difficoltà a concentrarmi che provo nei periodi peggiori, quelli in cui non ho qualcosa in cui incanalare l'ansia. Il brutto di quando si torna a star male è che sembra di essere sempre stati così e che sarà così per sempre.

Mi dico che sono agitata per Shlomo, che è via da una settimana, ma so che c'è dell'altro: gli ormoni, la chemioterapia che sta per finire, la nuova terapia che devo iniziare, Luca.

Non ho più voglia di scherzare con lui, come se averlo baciato avesse rotto un incantesimo. Ho paura di illuderlo, non voglio far soffrire un ragazzo malato, non voglio far soffrire nessuno. Io non credo di poterlo amare. L'ho capito quando mi ha scritto che era innamorato di me: non ho provato gioia, ma paura.

Ho voglia che Shlomo torni a casa.

Rientra in Europa venerdì con Ben e lo accompagna a Berlino. Hanno deciso che Ben abiterà da Sin per un po'. Lui non ha una casa, lascia le sue cose nei garage degli amici: nel nostro ci sono decine di scatole di diapositive, di quando ancora non esistevano le macchine fotografiche digitali.

In questi giorni devo avere un'espressione scontrosa perché i ragazzi mi girano al largo. Non scrivo più a Luca ogni mattina e ogni sera, mi limito a rispondere ai suoi messaggi, sempre meno allegri.

È come se fosse finita una fase ma non ne fosse ancora iniziata una nuova: sono impantanata in mezzo al nulla. Non ero più abituata a sentire così tanto il peso insopportabile dell'ansia, la voglia di fuggire, il pensiero fisso sulle cose che non vanno. Non faccio che pensare a quel che non funziona: i problemi con Shlomo, le aspettative di Luca, i malumori di Marco, la paura che con la menopausa compaiano nuovi disagi fisici e psicologici. È più di una settimana che non riesco a scrivere, come se il flusso creativo si fosse seccato insieme alle mie vene trombizzate. Mi dico che ho bisogno di vivere in campagna, vedere il cielo, gli uccelli, i tramonti. Perdo ore a guardare su Airbnb case in affitto in Liguria dove potrei scappare.

Lunedì ho l'ultima chemioterapia e ho scritto a Shlomo chiedendogli se riuscirà ad accompagnarmi. Ha risposto solo: "Come sempre".

36

Odio questa stanzetta del Day Hospital. Ha un nome di fiore, Papavero. Di fronte al letto c'è una grande, brutta fotografia con dei papaveri arancioni che dovrebbero rallegrare il malato. Su di me hanno un effetto sinistro. Da quando, visti i risultati, non metto più la cuffia gelata contro la perdita dei capelli, mi lasciano stare da sola. L'assicurazione di Shlomo rimborsa le cure e come pagante questa triste solitudine mi spetta. Lo scambio di mail con Azzurra mi ha fatto sospettare che oggi non siano sicuri di farmi la quarta chemioterapia. Preferirebbero iniziare subito la terapia ormonale, della quale hanno più certezze – come dicono loro "evidenze" –, che serva a contrastare le cellule tumorali che potrebbero circolare nel mio corpo.

Mi sento arrivata al capolinea. Il braccio sinistro è gonfio e dolente. Quello operato non può essere usato per le infusioni. La vena giugulare dove me l'hanno fatta l'ultima volta è fuori discussione. Il mio corpo non vuole più saperne di aghi e veleni.

Dovrei essere contenta, sono arrivata alla fine, almeno della chemioterapia, invece mi sento svuotata e avvilita. Le altre volte mi portavo da casa una borsa coi giornali, un thermos di tè, calze di lana, una coperta. Oggi ho infilato in tasca il telefono e nient'altro. Voglio star qui il meno possibile: so che oggi mi faranno male. Anche se annullassero la chemioterapia devono prelevarmi il sangue, e trovare una vena utile è diventato il problema più grosso.

Shlomo mi ha accompagnato, efficiente come sempre. Ha trovato il parcheggio, mi ha guidato attraverso i corridoi. È tornato dall'Africa stanco e silenzioso. Ha raccontato poco, tranne che a Marco. Sembra concentrato su pensieri suoi, che mi escludono.

Spero di non rivedere mai più la fotografia di questi papaveri, ma so che non potrò dimenticarla.

Non mi metto sul letto, ma su una sedia. Non mi tolgo la giacca. Shlomo resta in piedi davanti alla finestra che dà su un cavedio e controlla il telefono. Entra l'infermiera e dice che non abbiamo fatto l'accettazione che serve per avviare il protocollo. Ci siamo dimenticati la cosa più importante.

Shlomo dice «Vado subito» ed esce dalla stanza.

Dopo un minuto entra il dottor Tagliavini.

Sono passati quattro mesi dalla prima volta che l'ho visto, quando mi aveva terrorizzato col racconto degli effetti collaterali della chemioterapia. In realtà le cose peggiori sono state quelle imprevedibili: la reazione abnorme al primo ciclo, il mal di denti insopportabile, le tromboflebiti e i capelli caduti nonostante il caschetto. La difficoltà a trovare le vene. E il peggio deve ancora venire. Il peggio è oggi.

Tagliavini, come sospettavo, ha deciso di non fare la quarta chemioterapia. Dice che uno studio recente ha dimostrato che fra tre e quattro cicli le differenze, per il mio tipo di carcinoma, non sono così rilevanti da far affrontare i rischi evidenti di altre tromboflebiti. Mi affido a lui. Sono stanca. Non ho più voglia di fare la spiritosa o la brillante, non ne ho più la forza. Tagliavini mi spiega che la terapia ormonale potrebbe farmi venire forti dolori articolari ma in questo momento mi importa solo del prelievo che devono farmi tra poco.

Torna Shlomo, e Tagliavini comunica anche a lui le sue decisioni, poi se ne va ed entra il medico che deve trovarmi la vena. Gli infermieri buoni ci hanno rinunciato, gli infermieracci da quando ho contestato il Picc mi stanno alla larga. Il medico è gentile, ma sono troppo svuotata per apprezzarlo. In questi momenti le maniere forti sarebbero più efficaci. Sento che sto crollando. Mi dice che prova a farmi il prelievo da un'arteria del braccio operato usando l'anestesia locale, perché il sinistro è inutilizzabile. Entra un'infermiera col laccio e una grossa siringa. Io non guardo. L'anestesia pizzica. L'ago del prelievo è lunghissimo, l'arteria è profonda. Urlo. Mi dice che non dà abbastanza sangue. Riprova. Urlo ancora e mi metto a piangere. Sono sdraiata sul letto e sto tremando. Continuo a dire «Mi dispiace» e lui continua a dire «Di cosa, lei ha ragione». Non è la tecnica giusta con me. L'infermiera ci guarda preoccupata. Il sangue non basta. È riuscito a estrarne solo mezza siringa.

Non ce la faccio più. So che devo resistere ma non riesco a smettere di tremare. Sento il medico dire all'infermiera: «È troppo contratta». Piango come quando ero piccola e Gemma mi urlava addosso, piango senza ritegno, coprendomi la faccia con un braccio. Arriva Azzurra e dice: «Datele trenta gocce di Ansiolin, lasciamola un po' da sola e riproviamoci dopo». Li sento uscire tutti. Mi alzo dal letto e mi raggomitolo sulla sedia. Shlomo si inginocchia davanti a me e mi abbraccia. Lo abbraccio ma continuo a tremare, a piangere, a dire «Non ce la faccio più. Così non ce la faccio. Non posso farcela». Capisco che ho un attacco d'ansia, ma non riesco a controllarmi. Passiamo diversi minuti così, abbracciati. Shlomo è muto, sembra impietrito. Non sa cosa fare, come me. L'incavo del braccio destro, dove mi hanno bucato l'arteria, fa male. Entra l'infermiera con un bicchiere di carta e lo dà a Shlomo. È l'Ansiolin, anche se ha uno strano colore, rosso. «Lo vuoi?» chiede. Faccio segno di no.

Ho bisogno di piangere ancora. Piango, sudo, tremo. Poi mi calmo un poco.

Torna il medico che mi ha bucato l'arteria seguito da un altro che spinge l'ecografo. «Le ho portato un regalo!» dice. «La macchina non può sbagliare. Ora proviamo l'arteria femorale. Le faccio un altro pizzico di anestesia.» Penso velocemente se ho qualche possibilità di fuga. Non ne ho. Questa la devo superare. Chiedo a Shlomo di darmi l'Ansiolin, lo bevo in fretta e vado a sdraiarmi sul letto. Mi calo i pantaloni e chiudo gli occhi. Cerco di respirare a fondo. Cerco di visualizzarmi dall'alto come mi hanno insegnato al corso preparto. Mi dicono di scostare le mutande. Sento un pizzicore all'inguine. Questa è l'anestesia. Poi una puntura profonda. Urlo, ma continuo a respirare. «Ditemi che l'avete presa.» «L'abbiamo presa.» Respiro. Questo istante non finisce mai. «Ancora quanto?» chiedo. «Ancora una siringa» dice l'infermiera, «c'è anche l'esame ormonale.» Respiro. Fa male, dentro, in profondità. «Ditemi che è finita.»

«È finita» dice il medico, dopo un istante.

Mi mettono un cerotto. Tiro su i pantaloni e lentamente mi alzo dal letto. È finita.

37

"Ti ho persa."

Il messaggio di Luca è di un'ora fa. Gli rispondo "Ti ho perso ieri ed oggi ti ritrovo già". È il verso di un'altra canzone di Battisti, *La compagnia*, ma lui è troppo giovane per conoscerla. E io oramai sono abbastanza lontana da lui perché non mi importi se capisce o no le mie battute.

Invece risponde subito: "Tristezza va". La conosce.

E poi: "Lo so che te ne sei andata". Questo non è Battisti.

Devo prendere una decisione.

Una malattia importante costringe a cercare di risolvere i problemi con più urgenza, senza sconti. Sia perché il tempo che rimane potrebbe essere meno del previsto, sia perché la persona che eri prima è stata il terreno di quella malattia, e ti illudi che cambiar terreno possa tenere lontane le ricadute.

In questi giorni mi sono chiesta tante volte come sarebbe andata con Luca se Ben non avesse avuto l'incidente e Shlomo non avesse telefonato, e mi sono risposta che Luca è solo una via di fuga, di quelle che non portano da nessuna parte. Se fosse un vero amore starei con lui. Invece non faccio che pensare a Shlomo.

Scrivo a Luca: "Quando vieni a trovarmi parliamo".

Risponde: "Giorno libero oggi, ci vediamo a pranzo?".

"Sì."

"Prendo un treno e arrivo."

Non ci incontriamo dalla sera in cui sono corsa via da casa sua, tre settimane fa.

Oggi a Milano c'è un gran sole. È un novembre bellissimo e me lo sto godendo poco. Ho dato appuntamento a Luca in una trattoria sul Naviglio Grande e decido di uscire in anticipo e andarci a piedi: l'unica cosa che il dottor Tagliavini ha raccomandato è di camminare molto. Indosso scarpe comode, stringate, da uomo, e pantaloni larghi. L'ultima volta che mi sono vestita per andare da Luca, a Torino, non avevo pensato alla comodità. Mi metto un po' di correttore sulle occhiaie, poi mi scruto il viso con lo specchietto che ingrandisce. Sono quattro mesi che non mi depilo, non ne ho più avuto bisogno. La chemioterapia, oltre a uccidere le cellule morte e far diventare la pelle morbida e splendente, non fa cadere solo i capelli, ma anche i peli superflui. Ciglia e sopracciglia si erano diradate, ma mi sembra che stiano cominciando a rinfoltirsi. Strappo con soddisfazione qualche pelo fuori posto con la pinzetta.

Mi hanno detto che i capelli cominciano a ricrescere otto settimane dopo l'ultima chemioterapia, calcolo che ne sono passate sette e calo i pantaloni per osservarmi le gambe sotto la luce che entra dalla finestra. Non sono mai state così lisce, ma noto una nuova peluria, morbida e sottile, che fino a pochi giorni fa non c'era.

Domani ho il secondo appuntamento per la manutenzione della parrucca. Devo andarci una volta al mese, per toglierla, lavarla dentro e fuori, detergere il cuoio capelluto e rifissarla: nell'ultima seduta ho chiesto di coprire gli specchi, come una diva del cinema muto, perché la volta precedente la visione del mio cranio bianco e implume era stata un'esperienza più traumatica di quanto avessi previsto. Tutta l'operazione era durata ore: dopo molte spiegazioni tecniche mi avevano rasata completamente, preso un'infinità di misure, segnato punti sul cranio col pennarello, e poi con forbici e bisturi avevano ritagliato la calotta in silicone di una parrucca di capelli lunghi, naturali, di un rosso appena un po' più scuro del mio, e me l'avevano infilata come una cuffia da piscina, srotolandola un centimetro alla volta e appiccicandola al cranio con una colla medicale. Poi insieme alla parrucchiera avevamo discusso il taglio e la piega, che io volevo il più possibile naturale.

Quando tutto era finito mi ero sentita scossa come dopo un'operazione in anestesia locale, ma mi aveva consolato e commosso il turbamento del tutto inaspettato che avevo intuito in Shlomo quando mi aveva rivista coi capelli. In effetti il risultato di quelle estensioni era meraviglioso. In quattro ore mi ero trasformata da paziente chemioterapizzata in una versione di me più giovane e bella. Non avevo mai riflettuto su quanto la qualità dei capelli rispecchi età, salute e bellezza: una consapevolezza che probabilmente molte donne hanno in modo innato era stata per me una scoperta improvvisa. Nemmeno il palcoscenico mi aveva fatto comprendere a fondo l'importanza di vestiti, trucco e capigliatura, la possibilità di usarli per trasformarsi o somigliare all'immagine di sé che si vuol dare: c'era voluto il cancro.

La trattoria ha una vetrina che dà sul naviglio, vecchi pavimenti in graniglia nera e bianca e un arredamento anni Cinquanta, con pochi tavoli coperti da tovaglie bianche. La padrona è una signora anziana che si tinge i riccioli color rosso fuoco, un'abitudine che avevo trovato bizzarra prima di capire che anche quando il corpo invecchia o tradisce si può desiderare di continuare a esistere nello sguardo degli altri.

Luca è seduto al tavolo che ha un lato appoggiato al muro. Ha una coppola grigia in testa e un vecchio maglione girocollo blu. Ha una spalla appoggiata contro la parete e fissa la porta. Quando entro non si alza e non sorride ma prende il telefono appoggiato sul tavolo, lo spegne e se lo infila in tasca senza smettere di guardarmi. Mi tolgo la giacca, la appendo e mi siedo di fronte a lui. Ha perso più di me ciglia e sopracciglia, ha un colorito tra il cenere e il giallastro, ma è sempre il ragazzo più bello che abbia mai baciato. Ha ordinato acqua gassata.

«Come andiamo?» chiedo.

«Tu bene, direi. Io una merda.»

«Perché?»

«C'è bisogno che te lo dica?»

«Amore, lavoro o salute?» cerco di scherzare.

«Va tutto una chiavica, grazie.»

Incrocia le braccia e allontana la sedia dal tavolo. Ha un'espressione aggressiva che non gli avevo mai visto. Sembra invecchiato e stanco.

«Quand'è la prossima?» chiedo.

«Non so se la faccio» risponde.

«Come mai?»

«Mi sono rotto il cazzo.»

Non abbiamo quasi mai parlato della nostra malattia. Stava sullo sfondo, come se condividessimo un piano di studi all'università. Abbiamo sparlato di medici e infermieri, ma non abbiamo mai discusso delle nostre cure né delle nostre paure. A una persona nelle tue condizioni non puoi raccontare storie come agli altri, con lei non puoi minimizzare, non puoi barare. Il rischio di farsi da specchio è così grande che è meglio evitare il discorso. Lo sappiamo anche troppo bene come ci si sente, quali sono i dubbi e le tentazioni.

Ma l'atteggiamento di Luca ha qualcosa di infantile e ricattatorio che non mi piace. Ha trentadue anni, non quattordici, ed è abbastanza consapevole di come si sta, quando si fa questo viaggio, per caricarmi di altri bagagli.

«Ma ne devi fare ancora due, no?»

«Anche tu dovevi farne un'altra e non l'hai fatta.»

«A me l'ha proposto il mio oncologo, non l'ho deciso io.»

«Non fare la maestrina, faccio quel cazzo che mi pare.»

«Ecco che mi tratti come fossi tua madre. Cosa ti avevo detto? Era solo questione di tempo.»

Mi sto innervosendo. Forse mi sento in colpa, ma di cosa? Luca è adulto quanto me.

Arriva una cameriera vistosamente incinta e chiede se abbiamo deciso cosa ordinare. Io scelgo la zuppa di fave e cicoria, Luca una cotoletta alla milanese. Mentre scorre il menù noto che all'anulare porta un grosso anello d'argento che non avevo mai visto.

«Con quale delle due ti sei rifidanzato?» scherzo, indicando l'anello.

«Con Rebecca, la notte che sei scappata via.» Lui non sta scherzando.

Sono sorpresa. Non mi dispiace che sia tornato con la sua ragazza, ma il tono capriccioso mi indispettisce. Rivela un lato superficiale che mi fa sentire cretina per non averlo notato prima.

«Rebecca è quella buona o quella cattiva?» chiedo, sorridendo a labbra strette. Il suo modo di fare mi irrita ma facilita le cose.

«Quella cattiva, ma mai quanto te.»

«Stai facendo quello sedotto e abbandonato?»

«Perché no? È quel che sono.»

Luca guarda il piatto e si rigira l'anello intorno al dito. La nostra complicità è sparita, insieme alla leggerezza, e non posso dargli torto. È vero che da quella sera io ho interrotto la comunicazione senza nemmeno dirglielo: lui l'ha sentito nel momento stesso in cui avveniva e ha deciso di difendersi. Cosa mi aspettavo che facesse? Forse qualcosa di più corretto nei confronti di Rebecca. Mi viene da pensare che Shlomo non userebbe mai una donna in questo modo.

Io invece forse ho usato Luca, anche se credevo di no. Siamo sempre così bravi a trovare scuse per fare ciò che abbiamo voglia di fare.

«Così impari a far lo scemo con le donne sposate» gli dico. Non voglio parlare d'amore. Sarebbe crudele, e non voglio ascoltarmi dire frasi banali. Che abbiamo giocato, che mi sono illusa, che gli amori facili non esistono. E soprattutto: che sono innamorata di Shlomo, e l'ho capito definitivamente grazie a lui. Questa non è una bella cosa da dire né da ascoltare. Ma anche se non la dico, aleggia intorno a noi, tra di noi, pesante come la cotoletta che Luca non sta mangiando. A me nulla fa perdere l'appetito, e ho già finito la zuppa di fave e cicoria anche se era bollente. Comincio a sudare, non so se per la minestra o per la menopausa.

Mi viene da dirglielo, per rendermi ridicola o per farmi consolare: «Ti sei innamorato di una donna in menopausa».

«Almeno non rischiavo di metterla incinta» è la sua risposta.

Come mi sembra infantile ora.

«Devo tornare a casa» dico.

Lui non dice "Di già", non mi chiede perché, resta in silenzio e mi fissa. Ha lo sguardo arrabbiato ma anche trionfante di chi ha avuto la conferma dei suoi sospetti. Noto che ha la narice destra più dilatata della sinistra e il bordo della maglietta bianca, che spunta dal maglione, macchiato di grigio. Al polso è comparso un braccialettino che non gli avevo mai visto. Non mi sono mai piaciuti, gli uomini coi braccialetti.

Mi alzo ed esito, chiedendomi se pagare il conto. L'altra volta che abbiamo mangiato insieme l'ho fatto con naturalezza e ne abbiamo riso, ma oggi suonerebbe stonato.

«Offre il povero sfigato, non ti preoccupare.» Luca fa un cenno di saluto con la mano e prende il telefono dalla tasca. Non abbiamo perso del tutto la capacità di scherzare. Forse, tra un po' di tempo, potremmo diventare amici.

Mi strizza l'occhio e fa segno con la mano di sloggiare. È adesso che avrei voglia di restare: ora che ritrovo il Luca spiritoso e padrone di sé. Ma gli voglio abbastanza bene da lasciarlo andare.

Esco dalla porta senza voltarmi. La sponda del naviglio illuminata è quella di fronte, salgo sul ponte per attraversarlo e camminare dall'altra parte della strada, al sole.

38

«Siamo tutti povere anime in cerca di un cammino» ha concluso Teresa.

Oggi sono uscita presto e ho chiamato lei, l'unica persona che so di trovare sveglia alle otto di domenica mattina.

Anche quando c'è Piero, Teresa si alza alle sette, scende in cucina a far colazione e poi va a lavorare nella serra fino a mezzogiorno. Quando è sola, quasi sempre, dopo pranzo esce a fare una passeggiata. Dice che le rose la calmano e camminare la ispira.

La vita di Teresa è solitaria, ordinata, abitudinaria. La sua unica trasgressione è consultare l'oroscopo ogni mattina, incrociando le informazioni di vari siti, mentre aspetta che salga il caffè. Quando Piero al sabato la raggiunge nel Monferrato prepara la torta di nocciole, ma non rinuncia alla passeggiata né al lavoro in serra. La domenica pranzano in trattoria ma prima di sera Piero torna a Milano per cenare con Antonella, dicendo che parte "per non guidare con la nebbia", anche d'estate, quando la nebbia non c'è.

«Ma tu come stai?» l'ho incalzata, «con Piero come va?»

«Lo sai com'è tuo fratello, non può mica cambiare» ha tagliato corto. «Io sto come al solito, curo le rose.»

Teresa non combatte, accetta di stare con un uomo che

ama un'altra. Piero ama anche lei, ma in un modo diverso. Quel modo, Teresa se lo fa bastare.

Sarò mai come Teresa? Posso diventare come lei? Non credo che ci riuscirei. Non so se lo voglio. Non sono pronta per lasciare Shlomo né per accettarlo com'è. "Non si prendono decisioni in tempo di guerra."

È quasi Natale e non ha ancora nevicato. Siamo saliti in montagna per il fine settimana, ma d'inverno se non c'è la neve la montagna è triste. I prati e gli orti spogli sembrano bruciati, gli alberi, a parte abeti e pini, sono grigi e scheletrici. Il paese è un villaggio fantasma e gli abitanti desolati non parlano che della neve che non arriva. Ogni anno è così: finché non nevica c'è una lugubre tensione.

Quando riapro la casa e sento il suo odore mi torna in gola il sapore di quest'estate. Mi è simpatica, questa casetta bianca, ma non so se riuscirò a dimenticare quello che ci ho vissuto: gli effetti di due chemioterapie, i capelli che cadevano a manciate, il litigio con Shlomo di agosto.

Con lui è andata meglio dopo che ho smesso di vedere Luca. Mi sembrava di averlo scelto di nuovo, ma ora siamo al punto di prima, anzi peggio, perché le recidive uccidono la speranza.

Credo che Shlomo soffra tutto di me: il mio carattere, i miei gusti. Soprattutto, soffre la mia ansia, l'inquietudine, i miei sbalzi d'umore. Mi sopporta come un destino che è troppo distratto o disilluso per cambiare, ma se faccio qualcosa che lo irrita il suo rancore si manifesta subito, violento.

Sono ancora in guerra? E per quanto?

La dottoressa Parenti aveva sostenuto che ci vogliono tre anni per uscire dall'esperienza di un tumore. Tagliavini invece aveva detto: «La mutilazione, il trauma, la chemioterapia... Serve almeno un anno per lasciarseli alle spalle». Se fossero due anni, la media tra le due previsioni, non sarei nemmeno a un quarto del cammino.

Qualche sera fa, a letto, prima di dormire, l'ho detto a

Shlomo: «Secondo Tagliavini ci vuole almeno un anno per uscirne, per la Parenti tre».

«Uscire da cosa?» ha risposto, assonnato. Poi si è addormentato.

Sono le dieci del mattino, in casa dormono tutti e fa troppo freddo per uscire: mi sdraio sul divano del soggiorno – rimpiangendo il dondolo che non dondola – e riprendo il libro di Svetlana Aleksievič sulla guerra combattuta dalle donne.

È un libro bellissimo, di interviste alle donne sovietiche che nel 1941, giovanissime, erano corse al fronte a combattere contro i nazisti. Una, ex comandante di un plotone di fanti mitraglieri, le aveva detto: "Se sei troppo umano non la scampi. Ci rimetti subito la testa! In guerra devi recuperare qualcosa che hai dentro, ben nascosto, di quando gli umani non erano ancora del tutto umani...". Anche io dovrei diventare più coriacea, o più ferina.

Questi due mesi sono stati più difficili di quelli dell'operazione e della chemioterapia. Allora avevo da sopportare il dolore dell'intervento, poi la nausea e la stanchezza, il tormento dei prelievi, ora invece devo solo rimettermi in piedi, e non so bene come farlo. So che dovrei riorganizzarmi una vita meno stressante, ma non so da che parte cominciare. Non sono confusa come le prime settimane dopo l'ultima terapia, ma nemmeno del tutto lucida. Al mattino sono in forze, fisiche e mentali, al pomeriggio resto ore sul divano. Mi sento sospesa. Ho cancellato il tour a teatro, chiedendo al mio agente di darmi tempo, e da settimane non si fa vivo, forse per discrezione. Il nostro ambiente è così: se si lavora intorno a un progetto si è una famiglia e ci si sente di continuo, se si esce dalla bolla ci si perde di vista in un baleno.

Come si fa a sapere quando è finita la guerra?

Quando ho provato a spiegare a Shlomo come mi sentivo ha risposto che sarei stata meno sola se avessi smesso di tormentare lui e i ragazzi con regole assurde. Non sopporta che dica a Marco di non stare troppo sul cellulare, di studiare, di lavarsi, le cose che ripetono tutte le mamme. Le più normali discussioni familiari lo esasperano. Non potevo credere che proprio mentre gli confidavo quanto sono triste e disorientata si mettesse a elencarmi aggressivamente le cose di me che detesta. Mi ha talmente ferita che mi sono comportata come se non fosse successo niente. Forse le donne picchiate dai mariti reagiscono così: ostentano normalità per placarli, per paura di essere picchiate ancora.

Ieri ho sentito Luca. Sta finendo i cicli di chemioterapia ed è andato a vivere a casa della sua ragazza, quella cattiva "ma non quanto me". È tornato a essere spiritoso e leggero. Avrei dovuto lasciare Shlomo e stare con lui? Se non l'ho fatto quando ci siamo baciati significa che non dovevo. Non potrei stare con un uomo che alla prima difficoltà si consola con un'altra, come ha fatto Luca la sera che sono tornata a Milano per l'incidente di Ben. Una reazione come quella è segno di una debolezza che non potrei tollerare. Shlomo non farebbe mai una cosa del genere. Lui è stronzo solo con me, con gli altri si comporta bene. Posso sopportare un uomo aggressivo e non uno debole? Ma che tipo di donna sono? Una povera anima in cerca di un cammino, come dice Teresa.

Prima di ammalarmi mi dicevo che la mia inquietudine era il motore per tutto quello che costruivo. Ma ora che non so se avrò mai più la forza di scrivere un libro, di salire su un palco, o se qualcuno mi chiederà di farlo? Chi sono, senza quello che faccio?

Quando sono depressa una cosa mi consola: il pensiero che se morissi starei meglio, smetterei di soffrire, di farmi domande, quindi non devo aver paura che mi torni il cancro perché se tornasse il peggio che potrebbe succedermi sarebbe di morire, ma se morissi non mi tormenterei più, quindi il cancro non deve spaventarmi, anzi, è quasi un paracadute, un'assicurazione, anche se un'assicurazione sulla morte invece che sulla vita.

Sembra un pensiero contorto, ma ha una sua logica epicurea, e mi ha aiutato in diversi momenti tristi.

«Vedrai, quello che sta finendo è l'anno in cui o cadi o resti in piedi» mi aveva salutato Teresa, alludendo a non so quale congiunzione astrale sul mio segno.

È una giornata gelida, quassù c'è un freddo pungente che mi ricorda Berlino, quando riportavamo a casa Franz dopo le vacanze di Natale. Christine non c'era quasi mai e lo lasciavamo da Sin, che lo avrebbe accompagnato a scuola fino al ritorno della madre dalla Thailandia.

Sin e Shlomo non amano i riti ma io e Franz li forzavamo ad averne uno che esorcizzava il momento del distacco: non ripartire senza aver mangiato la cotoletta del Café Einstein tutti e quattro insieme.

Ormai a Berlino Franz torna da solo e io non ci vado da un po'. Mi è sempre piaciuta e ci ho fatto alcune belle presentazioni dei miei libri tradotti in tedesco. I tedeschi apprezzano la mia anima romantica, e io la loro. Mi viene voglia di chiamarlo per dirgli che quando andrò a trovare Ben – cosa che ho in programma di fare prima di Natale – lui e io ce ne andremo a pranzo all'Einstein come ai vecchi tempi a mangiarci una bella Schnitzel mit Bratkartoffeln.

Risponde subito, con voce acuta: «Hallo Lea! Finalmente tu, come stai?».

«Benissimo» rispondo. «E tu?» Voglio rassicurarlo.

«Anch'io, con Ben mi diverto.»

«Lo vedi spesso?»

«Certo che lo vedo, abita qui» dice ridendo.

Da Franz? Ma come?

«Credevo stesse da Sin» gli dico, sorpresa.

«Ma no, da zia ora c'è Andrea, non sai? Ben è qui da me e Christine. Lo accudiamo noi» spiega trionfante.

Shlomo non me l'aveva detto. Non mi ha raccontato quasi niente del viaggio in Africa per recuperare Ben, e nemmeno di Berlino, dove si era fermato tre giorni.

Questa notizia mi agita, ma faccio finta di niente: «Come ve la cavate? Ben è a letto?».

«Con Pater gli abbiamo portato la poltrona in cucina, vicino alla finestra che guarda il salice. Ben vive nella poltrona e regna su di noi. Io leggo per lui i giornali, scarico i film. E Christine prepara la cena. Incredibile.» Franz ride, sembra felice. Il nonno che non vede mai abita a casa sua e la madre cucina, tutto insieme.

Lo congedo dicendogli di salutare Ben e Christine. Sento una sensazione di pericolo alla bocca dello stomaco. Salgo in camera di Shlomo e lo trovo già vestito, che sta leggendo in poltrona. Senza neanche salutarlo gli chiedo: «Come mai non mi hai detto che Ben sta da Christine?».

«Da Sin è andata ad abitare Andrea» risponde senza alzare gli occhi dal libro.

«No, dicevo, perché non me lo hai detto?»

«Era importante?»

Capisco dal movimento spazientito con cui chiude il libro che non ha voglia di parlare con me e sentire che lo infastidisco mi è insopportabile, mi fa perdere la testa.

«Certo che è importante, sei stato tre giorni a casa loro, hai lasciato tuo padre con Franz e Christine invece che portarlo qui o da Sin, strano che non mi hai detto niente» sbotto.

Irrigidisce la schiena, mi fissa con uno sguardo furioso e alza la voce: «Ma strano cosa? Sei gelosa di Christine? Te lo ricordi che mi ha lasciato due anni prima che ti incontrassi?».

«Sì ma lei la amavi» mi viene da rispondergli, d'impulso.

Me ne pento subito. So di aver detto qualcosa di pericoloso, ma non immaginavo quanto.

«Se c'è una cosa di cui ti sono grato è di non avermi mai fatto agitare come lei. Innamorarsi rincoglionisce» dice freddamente, con voce più calma.

Ecco, l'ha detto. Mi batte forte il cuore. Finalmente ha detto la verità.

Non è innamorato di me. Chissà se lo è mai stato.

Mi salgono le lacrime agli occhi e comincio a piangere. Shlomo stringe i pugni e adesso mi guarda come se mi odiasse. Esplode: «Sono stanco! Non ne posso più di misurare le parole con te. Non sono tua madre, Lea. Ognuno bada a sé. Ognuno è responsabile del suo dolore. Vuoi star male? Accomodati. Stai male finché vuoi, ma da sola».

Esce dalla stanza. Lo sento scendere le scale e ascolto i suoi passi che arrivano fino alla porta di casa. Poi non sento più niente, se non il terrore di perderlo.

39

Stanotte ho dormito sul divano, di fronte al camino. Ho dovuto prendere uno Xanax, per riuscire a addormentarmi, e ora mi sento meglio.

Mentre attizzo il fuoco vedo Shlomo scendere le scale in pigiama. Non mi guarda e non mi saluta.

Ieri dopo quel che mi ha gridato sono andata a camminare nel bosco. Durante la notte aveva nevicato e i miei passi erano stati i primi a calpestare il sentiero. C'era solo qualche traccia di animale: forse un capriolo, forse un cane.

"Ognuno è responsabile del suo dolore" aveva detto Shlomo.

Ha ragione lui. Col suo amore incondizionato e autolesionista Gemma mi aveva indotto a credere che se qualcuno ci ama davvero è capace di tutto, ma non è così. Ho domandato troppo a Shlomo. Avrei dovuto accontentarmi di quel che mi dava, ho rovinato tutto chiedendogli di più.

Lo osservo prendere la moka e rimetterla a posto, aprire il frigorifero e richiuderlo come se non trovasse niente che gli piace. Di solito al mattino esco a comprargli il latte e le brioche, oggi non l'ho fatto.

Gli propongo di rientrare a Milano subito dopo pranzo e risponde «Come vuoi».

I ragazzi sono contenti di tornare qualche ora prima del

previsto al loro wi-fi. Dopo un pranzo di avanzi reso più allegro dalla partenza imminente, mentre pulisco la cucina e chiudo le imposte mi prende un'inaspettata euforia pensando che al netto di tutto, del matrimonio in crisi, della malattia, delle poche amicizie che ho sempre sacrificato al lavoro, ci sono io e ci sono i figli, che stanno preparando la valigia e disfacendo i loro letti sbuffando. Chissà se ci sarà Shlomo.

E d'un tratto, in coda in autostrada, mentre una fila di aironi bianchi vola sopra i capannoni delle fabbriche ai lati della carreggiata e alle nostre spalle il disco arancione del sole che tramonta buca la nebbia bianca, mi sento, con un brivido di eccitazione, come quand'ero ragazza e non avevo niente, tranne che la vita davanti.

Ricomincerò a lavorare e sarà meglio di prima, lo so, perché ora che ho visto cosa c'è dall'altra parte ho un motivo in più per continuare. Lavorerò con Thai Sinopoli, prima di tutto. Di cosa devo aver paura? Mi ci confronterò. Dirò quello che penso. E traccerò un confine.

Imparerò a prendermi cura di me e a mettere i miei desideri davanti a quelli degli altri: fare il contrario, tanto, non funziona. Quand'è che l'ho dimenticato? Da ragazza lo sapevo che per venire amati bisogna prima amare se stessi. Avevo sotto gli occhi mia madre, i suoi inutili sacrifici, la sua ingombrante dipendenza da mio padre, da mio fratello, da me. Volevo essere diversa: indipendente, forte, felice. Quand'è che invece sono diventata come lei? Che cosa mi ha fregato? Quanto tempo è che sono in guerra, io? Trent'anni? Il cancro non è che l'ultima battaglia, e non è stata la più difficile. È stata quella contro me stessa la battaglia più lunga e cruenta. Sono io il mio peggior nemico.

Ma ecco che improvvisamente sono l'orfana nella soffitta, ho solo un mozzicone di matita e una candela, e non aver nulla da perdere mi regala una sensazione inebriante di forza e libertà. Il nuovo monologo, il matrimonio, i figli adolescenti, la malattia: tutte nuove battaglie.

Ora che mi sento sola nella foresta, libera di ricominciare, il futuro è tornato.

Ora che ho perso tutto, l'illusione di essere immortale, di essere giovane, di essere amata, ora che sono sola e affamata e coraggiosa come una belva nella giungla, ora sì che sono libera.

La nebbia si infittisce, davanti a noi una coda di automobili scure coi retronebbia accesi, di fianco a me Shlomo fischietta, sui sedili posteriori Marco e Giò guardano dentro i rispettivi telefoni.

Col suo radar misterioso Shlomo capta il mio benessere e come sempre ne è placato: senza guardarmi mi sfiora un ginocchio con la mano destra mentre con la sinistra tiene stretto il volante.

Nello specchietto retrovisore vedo i ragazzi spartirsi gli auricolari e ascoltare qualcosa insieme, sorridendo a occhi chiusi.

Epilogo

La dottoressa Parenti aveva ragione: ci vogliono tre anni per uscirne. Il tour con Thai Sinopoli è durato un anno ed è stato un successo, faticoso ed esaltante. Non ne farò mai più. Ho smesso con gli spettacoli, ora scrivo e basta, e ogni tanto, soprattutto all'estero, mi portano in scena altri attori, più bravi di me.

Lavoro meno e faccio solo quello che mi piace. Cucino, se ne ho voglia. Quando Marco torna da scuola pranziamo insieme: a volte è chiuso nei suoi pensieri e mangiamo in silenzio, altre volte parliamo e ridiamo. Ha ripreso a suonare la chitarra che aveva abbandonato: allora non me ne ero neanche accorta.

Giovanni studia a Bruxelles, è ingrassato, ha amici in tutta Europa e torna a casa solo per le feste.

Ho perdonato Shlomo per non avermi protetta da me stessa. Mi sono perdonata anch'io.

Franz studia fisioterapia, si è fidanzato con una maestra danese e dice che vorrebbero un bambino. Sin ha lasciato Andrea, non abbiamo capito il perché: è sempre più solitaria e silenziosa.

Christine ormai vive parte dell'anno in Thailandia: Franz e la sua ragazza sono andati a trovarla a Koh Samui e hanno mandato una foto di loro tre che ridono sulla spiaggia, con una birra in mano. Anche Vito e Su, fatalità, hanno mandato una foto dalla stessa spiaggia.

Ben ha ripreso a viaggiare e non lo vediamo mai, scrive lunghissime mail su quanto è bella e disastrosa l'Africa.

Ogni tanto vado in montagna, e cammino nel bosco. In giugno e in settembre, quando posso, vado al mare. Ho fatto un viaggio in Giappone con Teresa, che non prendeva l'aereo da vent'anni. Piero e Antonella non si vedono più.

Quest'estate ho telefonato a Lissandra perché Luca da un mese non rispondeva ai miei messaggi. Non sapeva come dirmelo, che era morto il giorno del suo trentacinquesimo compleanno.

Le giornate migliori sono quelle invernali, quando resto in casa pomeriggi interi a leggere, come quando ero piccola.

Allora il tempo si dilata e sento dentro qualcosa che mi scalda, ma è un lume, non è più una fiamma. Fa una luce bellissima.

Ringraziamenti

Stavolta, mi ero detta, i ringraziamenti li faccio in privato. Poi, stamattina, che tra un'ora mi strappano il romanzo dalle mani per mandarlo in stampa, mi sono svegliata col desiderio fortissimo di ringraziare pubblicamente almeno alcune delle persone che mi sono state vicine mentre scrivevo.

A modo suo mi è stato vicino Damien Rice, perché durante la seconda stesura ho ascoltato ossessivamente quasi sempre una sua canzone: *My Favourite Faded Fantasy*.

Ma il primo *vero* è Carlo Carabba, e lui sa quanto e perché. Poi Linda Fava, a cui non sfugge niente e che mi sopporta anche quando sono insopportabile. E i cari Antonella Lattanzi, Stefano Sgambati, Dario Voltolini, Emanuela Portalupi, Manuelita Mazza. Mia figlia Emilia ha letto la prima stesura e mi ha fatto capire cosa le mancava. Il nonno Adriano arricciaspicciava le virgole e Luca ha letto per ultimo ma gli è piaciuto tutto tranne Luca, e ha detto: «Cosa ci trova poi Lea in quel tizio?».

Ringrazio anche Antonio Franchini che mi ha incoraggiata per primo, Marco Missiroli che aspettava da tre anni e l'adorato Severino Cesari, che in un pomeriggio di dubbi mi scrisse: «Verrà splendido come il titolo, stai facendo risuonare corde decisive, vedrai».

Mi sono sempre fidata di voi, anche quando sembrava di no: grazie.

«Storia della mia ansia»
di Daria Bignardi
Oscar
Mondadori Libri

Questo volume è stato stampato
presso ELCOGRAF S.p.A.
Stabilimento - Cles (TN)
Stampato in Italia. Printed in Italy